I0562152

Werner Ablass

DAS DILEMMA GOTTES

Werner Ablass

DAS DILEMMA GOTTES

Novelle

NO ONE VERLAG

1. Auflage September 2010

Copyright© 2010 by No One Verlag

Lektorat: Jennifer A. Nikodem, Stuttgart

Umschlaggestaltung: Ingrid Lill, Herlufmagle, Danmark

Satz und Gestaltung: Albert Eisenring, Gossau ZH, Suisse

ISBN: 978-3-942634-01-4

Druck: Books-on-demand GmbH, Norderstedt

NO ONE VERLAG

Fachverlag für non-duales Bewusstsein

Werner Ablass

Hartmannstraße 24

74336 Brackenheim-Stockheim

Telefon: 07135-933777

info@wernerablass.de

www.wernerablass-coaching.de

Für Albert

Inhaltsverzeichnis

Die Wirklichkeit, einer verwirrenden Nacht, sogar die Wirklichkeit unseres gesamten Lebens, kann niemals die volle Wahrheit sein. Und ein Traum ist niemals nur ein Traum.

Zitat aus dem Roman „Traumnovelle" von Arthur Schnitzler

Prolog

Ebenso wie Sie einen Namen tragen, ohne darüber bestimmt zu haben, selbst wenn er nicht Ihren Geschmack treffen sollte, heiße ich Gott. Selbst ein gewisser Karel heißt ja mit Nachnamen Gott, wobei ich vermute, dass es sich bei ihm lediglich um einen Künstlernamen handelt.

Im Traum allerdings heiße ich nicht nur Gott, im Traum bin ich Gott. Wobei ich gestehen muss, dass ich nicht weiß, ob ich wach bin, wenn ich träume oder träume, wenn ich wach bin. Da geht es mir wie den Indianern. Ich weiß nicht, ob Sie es wissen: was ein Indianer träumt, ist für ihn Wirklichkeit. Und was wir Wirklichkeit nennen, ist für den Indianer das, was wir Traum nennen. Aber wie auch immer es sich verhält – ob der Traum nun Wirklichkeit oder die Wirklichkeit Traum ist oder ob es gar keine Wirklichkeit gibt und alles ein einziger Traum ist – in jedem Fall sind meine Träume mindestens ebenso real wie das, was ich tagsüber erlebe. Nicht nur wegen des Empfindens ihrer Echtheit, so wie das jeder Mensch kennt, sondern auch deshalb, weil ich chronologisch träume. Der Traum beginnt also nicht immer wieder von vorn, ich träume auch nicht immer das Gleiche, nein, der Traum setzt immer genau da ein, wo er in der vorhergehenden Nacht endet. Wobei ich nicht weiß, ob der Tag Nacht, oder die Nacht Tag ist.

Wenn Sie mich allerdings fragen, wie ich im Traum aussehe, muss ich passen, denn mich selbst vermag ich nicht zu erkennen. Zumindest zu Beginn vermochte ich es nicht. Später sollte sich das auf dramatische Weise ändern, aber eins nach dem andern.

Zunächst wusste ich nur: ich bin Gott! Mehr wusste ich nicht über mich. Ich wusste noch nicht einmal, wann oder auf welche Weise ich Gott geworden war. Um es herauszufinden, setzte ich ganze Kolonnen von Sehern, Philosophen und Wissenschaftlern auf die Spurensuche. Und viele von ihnen, freilich nicht alle, machten einen Top Job. Gleich zu Beginn meiner Recherchen fand einer der Seher heraus, dass ich der Schöpfer des Universums sei. Das klang ausgezeichnet und ich forcierte die Verbreitung dieser Erkenntnis – Unsinn, dieser Offenbarung natürlich! Obwohl – schließlich stellte sich heraus, dass es weder das eine noch das andere war.

Ich hatte also dieses Universum geschaffen, das gefiel mir, ja, das elektrisierte mich. Nur eins fand ich höchst eigenartig: Ich konnte mich an meinen Schöpfungsakt überhaupt nicht erinnern! Obwohl ich über ein außerordentlich gutes Gedächtnis verfüge. Ich kann, wenn ich will, jede Geschichte, die jemals passiert ist, bis ins kleinste Detail Revue passieren lassen. Damit Sie sich vorstellen können, wie genau meine Erinnerung ist: es ist ebenso, als legten Sie eine DVD mit dem Film, sagen wir mal *Es war einmal in Amerika* des genialen und leider bereits verstorbenen Regisseurs Sergio Leone in das Abspielgerät und sehen sich ihn von Anfang bis Ende an. Wenn ich will, kann ich wie Sie auf die Stopptaste drücken oder ihn mir im Slow-Motion-Modus ansehen. Natürlich kann ich auch in einzelne Sequenzen einsteigen, so wie Sie auch, wenn Sie in den Modus der Szenenwahl wechseln.

Einen Schöpfungsakt aber fand ich nicht. Als ich am Ende war mit meinem Latein, trat einer der Philosophen mit einer Idee vor, die des Rätsels Lösung zu sein schien.

Er sagte nämlich: „Herr Gott, Sie haben Ihren Schöpfungsakt schlicht vergessen!"

Vergessen? Zunächst war ich empört. Wie konnte dieser Möchtegern-Philosoph behaupten, ich, der ich schließlich *sein* Schöpfer war, hätte eine so wichtige Sache wie meine eigene Schöpfung vergessen? Ich war bereits drauf und dran ihn aus meiner Gegenwart entfernen zu lassen, als er mit einem schelmischen Gesichtsausdruck sagte: „Nicht etwa weil Sie an Gedächtnisverlust leiden, nein, weil Sie es vergessen wollten!"

Ich stutzte. Welch ein verwegener Gedanke und wissen Sie, ich liebe verwegene Gedanken. Ich liebe auch Absurditäten, sie erheitern mich, denn ich neige zur Melancholie, manchmal auch zur Depression, besonders zu der Zeit war das so, als ich noch glaubte, den Planeten Erde geschaffen zu haben. *Was hast du da nur angerichtet*, stöhnte ich immer wieder, ich weiß nicht, wie oft ich mir das vorwarf, wenn ich mit ansehen musste, wie sich meine Geschöpfe, oftmals wegen Nichtigkeiten, gegenseitig den Schädel einschlugen. Selbst König David, der die entzückendsten Gebete und Gedichte der Weltliteratur, Psalmen genannt, über mich und seine Beziehung zu mir dichtete, stellte einen seiner besten Krieger an die Front, um ihn aus dem Weg zu schaffen, nur weil er dessen Frau begehrte. Mord und Totschlag allenthalben und das eben genannte Motiv stellt dabei noch eins der hehrsten dar. Wie sollte ich da nicht depressiv werden?

Das war einer der Gründe, weshalb ich hellhörig wurde, als dieser vorlaute Philosoph seine These vorbrachte, die mir jedoch einzuleuchten begann, als er auf meine Frage, weshalb ich denn vergessen wollte, der Schöpfer des Universums zu sein, antwortete: „Wenn Sie es nicht bewusst vergessen hätten, würden Sie sich aufgrund Ihres phänomenalen Gedächtnisses sicher erinnern!"

Wollte er mir nur schmeicheln? Oder glaubte er wirklich an seine These? „Aber warum nur, warum sollte ich den Anfang dessen, was Existenz möglich macht, bewusst vergessen haben? Sag mir den Grund? Wenn du den nämlich nicht kennst, bleibt es nur eine Theorie und nützt mir herzlich wenig." Daraufhin erwiderte er: „Auch den Grund haben Sie bewusst vergessen."

„Aber weshalb nur?"

„Nun, wenn Sie sich erinnern würden, wäre für Sie keine Frage mehr offen und wenn es kein Rätsel mehr gäbe, kein einziges Rätsel zu lösen, wäre Ihnen vermutlich zutiefst langweilig."

Können Sie verstehen, dass ich mich sowohl von den Sehern als auch von den Philosophen enttäuscht abwandte und mich den Wissenschaftlern zuwandte? Was nutzten mir philosophische Traumtänzereien, Vermutungen, Theorien und Schmeicheleien?

Ich wollte die Wahrheit erkennen. Wie war die Welt nur entstanden? Und welchen Sinn, welches Ziel hatte wohl dieser Kosmos, der meiner zu sein schien, obwohl ich nicht wusste wann, wie und wozu ich ihn hervorgebracht hatte?

Meine Schöpfung? War es denn wirklich meine? Aber außer mir gab es ja keinen! „Noch jemand da?" rief ich so laut ich nur konnte! Ach, nicht nur einmal! „Gibt es einen Gott außer mir?" brüllte ich in alle vier Himmelsrichtungen. Nur das Echo war zu hören, sonst nichts und sonst niemand.

Nun ja, wie das eben so ist, wenn ich mir etwas wünsche – und ich wünschte mir ja nichts sehnlicher als die Wahrheit zu erkennen – trat schließlich ein Engländer namens Charles Darwin auf, der mich allerdings gar nicht wahrnahm. Das war mir aber egal, mich interessierte nur, was er sagte und schrieb.

Beeindruckend, was er über die Entstehung der Arten als Ergebnis der sogenannten Evolution durch natürliche Selektion erklärte und so profund beschrieb. Es erschien mir schlüssig, machte mich jedoch komplett überflüssig, so dass sich nun die Frage erhob, weshalb ich in einem Universum, dessen Entwicklung mich gar nicht benötigt, überhaupt existierte. Und als schließlich Georges Lemaître den Urknall (er)fand, der nicht nur die Materie, sondern die Raumzeit in Szene setzte, da begann ich mich zu fragen, ob ich womöglich nur eine Idee sei, ein Gedanke, der ebenso wie das ganze Universum mit all seinen Erscheinungen aus dem Nichts ins Sein explodiert war. Vielleicht existierte ich gar nicht, womöglich bildete ich mir meine Existenz lediglich ein? Wenn es aber so war, wenn meine Existenz lediglich Einbildung war, musste doch jemand existieren, der sich einbildete, Gott zu sein. Nun, dachte ich, wenn es so wäre, spielt es im Grunde genommen überhaupt keine Rolle, ob ich mir einbilde, Gott zu sein oder ob ich tatsächlich Gott bin.

Dieser Gedanke war es, der mich auf einen anderen brachte, doch der war so furchterregend, dass ich erstarrte. Ich war Gott, ob eingebildet oder real. Aber wer hatte *mich* denn erschaffen? Und wozu war ich da? Ich erfüllte doch überhaupt keinen Zweck. Auf dem Globus tummelten sich Lebewesen aller Art, aber ich, ich stellte mir andauernd nur unbeantwortbare Fragen. Selbst einige Typen der Spezies Mensch wussten offenbar mehr als ich. Selbst wenn sie unrecht haben sollten, so waren sie in jedem Fall klüger als ich, denn ich vermochte solche Theorien gar nicht zu finden. Ich wusste überhaupt nichts. Ich stellte mir immer nur Fragen und konnte keine der möglichen Antworten verifizieren.

Ich sah, was mich an unzähligen Universen umgab. Hatte die vielen Geschichten betrachtet, die sich zutrugen und zugetragen hatten. Menschen wurden geboren und starben, Tiere und Pflanzen genauso. Und mit Planeten und Sternen war es nicht anders. Ich war mir dessen bewusst, und ich erinnerte mich, wann immer ich wollte, wusste aber nicht, wann das alles begonnen hatte. Ich konnte in meiner Erinnerung soweit zurückgehen, wie ich wollte, immer gab's neue Geschichten, sie hörten nicht auf und weil sie nie aufhören wollten, stieß ich nie zum Beginn vor! Es erschien mir, als liefen die Geschichten im Kreis in einer Endlosspirale nach oben oder unten, wobei sich weder ein ganz unten noch ein ganz oben finden ließ.

Das ließ mich erschrecken, und diesmal so sehr, dass die Erde bebte und mit einem Schlag Hunderttausende starben. Und ich muss Ihnen zu meiner Schande gestehen, dass ich das zu dem Zeitpunkt, als es geschah, nicht einmal bemerkte. Ich war wie gesagt starr vor Schreck, und damals war ich offen gestanden auch gar nicht böse darüber, dass zumindest ein Teil dieser erbärmlichen Erdlinge, die nichts anderes im Kopf hatten, als zu fressen, zu saufen, zu ficken und sich gegenseitig den Schädel einzuschlagen, um noch mehr fressen, saufen, ficken und sich gegenseitig umbringen zu können, nicht mehr existierte.

Es mag Sie erschrecken, mich von dieser Seite kennenzulernen und nicht, wie Sie es von den Predigten der Pfaffen gewohnt sind, als liebenden, gütigen, barmherzigen Gott. Aber sagen Sie ehrlich: Würde es Sie bekümmern, wenn hunderttausende Stechmücken auf einen Schlag vernichtet würden? Dies scheint Ihnen ein unzutreffender Vergleich zu sein? Nun, wissen Sie, das liegt nur an der Selbstüberschätzung des Menschen, der sich zur Krone der Schöpfung erhob. Lesen Sie mal in einem Online-Lexikon nach, was Forscher über die Fähigkeiten der Stechmücken herausfanden. Beeindruckend! Aus meiner Sicht sind sie nicht weniger komplexe Gebilde als der Mensch. Und fanden Sie nicht selbst schon heraus, wie erfindungsreich eine Stechmücke ist, um Ihnen das Blut auszusaugen? Fiept Ihnen vor dem Einschlafen direkt ins Ohr, entkommt aber, wenn Sie ihr mit einem gezielten Schlag auf dasselbe, den Garaus machen wollen. Sie springen nach dem dritten Angriff, den Sie nicht abwehren konnten, mit nackten Beinen genervt aus dem Bett, knipsen das Licht an, entdecken sie aber nicht. Natürlich nicht, sie ist ja so winzig, dass Sie sie kaum zu sehen bekommen. Hat es Sie denn noch nie in Erstaunen versetzt, dass ein so winziger Organismus überhaupt zu existieren und noch dazu so trickreich zu agieren vermag?

Also ich erschrak ob der Frage: Wer erschuf mich? Und wann geschah das, wenn es denn überhaupt jemals geschah? *Du wurdest nicht geboren,* hörte ich da. Ich fuhr herum. Und da stand er, wie könnte es anders sein, natürlich ein Mann. Auf diesen Gedanken hätte ich eigentlich selbst kommen können, aber weil ich nicht nur Gott heiße, sondern Gott bin, fühle ich mich als Frau und Frauen erfühlen bekanntlich die Wahrheit mehr, als sie auf dem Weg der Logik zu erdenken.

Sie stellen sich immer einen Mann vor, wenn Sie an Gott denken oder sich etwas von ihm erbeten? Tja, die Herren der Schöpfung! Das ist ihr Werk. Sie haben dieses Männerbild Gottes in die Köpfe manipuliert.

„Ich wurde also niemals geboren?" hielt ich dem Mann entgegen, mochte er Seher, Philosoph oder Wissenschaftler sein, ich wusste es nicht.

„So ist es", sagte er weise lächelnd mit vor seiner Brust verschränkten Armen.

Und in diesem Moment wusste ich, dass es die Wahrheit war. Fragen Sie mich nicht, woher ich es wusste. Es konnte einfach nicht anders sein. Dass ich mich nicht erinnern konnte, konnte unmöglich an meinem Gedächtnis liegen, denn es hatte mich noch nie im Stich gelassen. Ich konnte mich immer 100%ig darauf verlassen, dass jedes Detail der Weltgeschichte sofort abrufbar war. Und ich war mir jetzt auch sicher, dass ich nicht bewusst vergessen hatte, wie und wann ich geboren wurde. Sie kennen das doch: manchmal wissen Sie etwas, ohne es beweisen zu können. *Ich bin ungeboren, ungeboren, ungeboren*, hallte es in mir nach und es war wie eine Erlösung.

„Und aus diesem Grund", sprach der Mann, als hätte er Einsicht in meine Einsicht, „wurde auch das Universum niemals erschaffen. Es ist ebenso ungeschaffen wie Sie."

„Aber du wurdest geboren und wirst schließlich sterben", erwiderte ich, „alles in diesem Universum hat Anfang und Ende, nur das Universum selbst nicht?"

„Es erstaunt mich zutiefst, dass Sie das nicht wissen!" sagte er, aber es klang weder vorwurfsvoll noch zynisch.

„Mich auch", sagte ich, „du bist ein sterblicher Mensch und musst mich über mich selbst und über das Universum belehren." Und dann lachten wir beide. Wir lachten so laut, dass die Erde wiederum bebte. Und wiederum Hunderttausende, Menschen wie Tiere, unter einstürzenden Mauern und den Felsbrocken zerberstender Berge begraben wurden. Aber wie hätte ich dies verhindern können? Ansich ist Lachen ja gesund...

Damals wusste ich noch nicht, was ich heute weiß, aber um es wissen zu können, nahm der Traum in der Folge eine Wendung, die mich zunächst fürchterlich erschreckte. Noch mehr als die Erkenntnis meiner absoluten Nutzlosigkeit.

Das Ereignis kam in meiner Wahrnehmung einer Katastrophe gleich, stellte sich jedoch in der Folge als Antwort auf meine dringliche Frage heraus: Wer bin ich, Gott, eigentlich? Und warum sind die Dinge so, wie sie sind?

Verseint!

Kennen Sie Franz Kafka? Jenen erst nach seinem Tod und seiner postum bekannt gewordenen Werke berühmt geworden Schriftsteller aus Prag? Ja? Nun, dann dürfte Ihnen auch sein Roman mit dem Titel „Die Verwandlung" bekannt sein. Jene absurde Geschichte vom Handelsreisenden Gregor Samsa, der eines Morgens aus „unruhigen Träumen" erwacht und sich in der körperlichen Gestalt eines menschengroßen Ungeziefers wiederfindet.

Können Sie sich vorstellen, wie es sich anfühlen muss, wenn Sie in einem fremden Körper erwachen? Gestern noch schliefen Sie als Hans Weber oder Gertrude Moser ein und am nächsten Morgen wachen Sie auf, ohne zu wissen, wie Sie heißen und wer sie überhaupt sind! Sie kennen weder Ihre Nationalität noch ihre Herkunft. Sie wissen nichts über sich. Sie kennen sich nicht mehr wieder, wenn Sie in den Spiegel sehen, und das Gesicht, das

Ihnen paradoxerweise entgegen blickt, je nach Geschlecht, schminken oder rasieren.

So erging es mir. Und das ist noch weit untertrieben. Denn ich hatte noch nie zuvor einen Körper. Ich wachte also nicht nur in einem *anderen* auf. Ich war zum ersten Mal überhaupt „verkörpert." Und wissen Sie, dieser Begriff hat für mich eine andere Bedeutung als in Ihrer Wahrnehmung. Verkörpert, das löst in meiner Wahrnehmung Assoziationen aus wie in der Ihren die Begriffe „verkatert" oder „verquer" oder noch besser „verwahrlost". Ich fühlte mich eingeengt, ja, eingeklemmt, unfrei, versklavt, isoliert.

Sie haben sich *langsam* an diesen Zustand gewöhnt. Als Baby war Ihnen noch gar nichts bewusst, weder ihr Körper noch der der anderen. Sie lagen warm und weich an der Mutterbrust, ihr Körper wurde gestreichelt, liebkost, verwöhnt. Ihre Notdurft machten Sie zunächst in die Windeln, und sie wurde entsorgt. Sie krabbelten umher, spielten mit Stofftieren, später dann mit Legosteinen oder Puppen, je nach Geschlecht. Durch langsame Gewöhnung wussten Sie was das ist: Essen und Trinken, Sehen und Hören, Mund und Sprache, Tasten und Berühren, Lachen und Weinen, Wachsen und Erwachsenwerden.

Ich kann nicht alles aufzählen, ich möchte Ihnen nur einen kleinen Eindruck meiner Gefühle vermitteln, als ich mich *verkörpert* wahrnahm. Für mich war es jedenfalls so, als wäre ich *vernichtet*.

Versuchen Sie, das Wort *vernichtet* einmal aus meiner Perspektive zu sehen. Den Versuch ist es wert. Wenn Sie das Wort *vernichtet* hören, denken Sie vermutlich an die Zerstörung eines wie auch immer gearteten Seins. In meiner Wahrnehmung jedoch klingt es umgekehrt wie „verseintes" Nichts! Denn ich, Gott, war nichts. Zumindest fühlte es sich so an, als wäre ich nicht. Ich vermochte mich selbst nicht zu erkennen. Und nun war ich plötzlich „verseint!"

In meiner Traumwirklichkeit oder meinem Wirklichkeitstraum hatte ich ja keine Stadien vom Kleinkind zum Kinde, vom Kind zum Heranwachsenden, vom Jugendlichen zum Erwachsenen, erlebt. Als ich mich verkörpert wahrnahm, zum ersten Mal überhaupt, war ich schon, was man erwachsen nennt.

Nehmen Sie nur einmal an, es wäre Ihnen passiert. Sie wären also eines Tages vom Schlafe erwacht und hätten nicht (mehr) gewusst, wer Sie sind. Totaler Identitätsverlust und die Frage: Wer bin ich? Wie komme ich in diesen Körper? Was soll ich überhaupt hier?

Dann wären Sie in genau dem Zustand, den ich zu beschreiben versuche. Ich, Gott, verkörpert als Mensch. Aus dem Nichts ins Sein geschleudert. Von jetzt auf nachher. Ohne Vorwarnung. Jedoch mit dem Wissen, dass ich an sich, eigentlich, nicht existiere.

Ein eigenartiger Zustand, nicht wahr? Sie wissen, dass Sie eigentlich nicht sind, nehmen aber wahr, dass Sie sind. Sie wissen, dass Sie körperlos sind, können jedoch nicht umhin festzustellen, dass Sie einen Körper besitzen. Sie wissen, dass nichts von dem existiert, was Sie wahrnehmen, nehmen es aber nichtsdestoweniger wahr. Sie sind unbeweglich, nehmen aber allenthalben Bewegung wahr. Jedes Bild, das Ihnen vor Augen geführt wird, jeder Ton, den Sie hören, jeder Geschmack, jeder Geruch, jede Berührung scheint tatsächlich und wirklich vorhanden zu sein, währenddessen Sie realisieren, das nichts davon existiert. Wie wäre Ihnen zumute? Was würden Sie tun? Was hätten Sie an meiner Stelle getan?

Nun, ich kann Ihnen nur sagen, was ich tat. Ich tat so als ob.

Mensch(lich) bin ich

Der einzige, wirklich der einzige Unterschied zu den geborenen Menschen, denen ich begegnete, bestand darin, dass ich nur so tat, als wäre ich ein Mensch und die anderen glaubten, sie wären wirklich sterbliche Menschen. Denn so unglaublich es für Sie klingen mag: Ich wusste nicht nur, dass ich nicht existierte, ich wusste es ebenso von all jenen, denen ich begegnete, ob Mensch, Tier oder Dingen. Ich wusste es, wenn ich eine Amsel zwitschern hörte. Ich wusste es, wenn eine Harley laut knatternd an mir vorbeizog. Ich wusste, wenn ich im Fernsehen sah, dass ein Flugzeug abgestürzt war und alle Insassen zu Tode gekommen waren, dass sie zuvor schon nicht existierten. Ich wusste es, wenn ich aß, trank oder umgekehrt meine Notdurft verrichtete. Ich wusste es selbst zu dem Zeitpunkt, wenn ich das tat, was dem Menschen wohl die größte Freude bereitet, wenn sie auch notwendigerweise kurz ist, um das Nervensystem nicht zu sprengen.

Als körperloser Gott fühlte ich weiblich, als Mensch jedoch war ich ganz und gar Mann. Wiederum: fragen Sie mich nicht weshalb! Ich weiß ja noch nicht einmal, wie ich aus meiner Göttlichkeit in die Menschlichkeit abrutschen konnte. Abgerutscht oder wie auf einer Bananenschale ausgerutscht und in eine Pfütze gefallen, war ich im Fleisch gelandet. In diesem stinkenden Fleisch. Es ging mir jedoch wie allen heterosexuellen Männern, die Weiblichkeit faszinierte mich und ich begann, sie neugierig zu erforschen. Dabei stand mir jedoch, anders als vielen anderen Männern, nicht die sogenannte Moral im Wege, denn mein Traumgehirn war von solch kulturellen oder religiösen Konditionierungen unbelastet und frei. Ich vermochte nicht zu verstehen, weshalb die Leute so erstaunt waren, wenn ich bekannte, für mich sei Sex wie Essen und Trinken, schlicht ein natürliches Bedürfnis also, das nicht zwingend mit Liebe oder einem Kinderwunsch zu tun haben muss. Und dass ich es als ein Spiel betrachte. Ebenso jedoch, wie ich nicht nur mit der immer gleichen Person Golf, Tennis, Karten oder Schach spiele, würde ich auch nicht nur mit einer Person dem

Liebesspiel frönen. Das wurde mir übel genommen, ich galt von da an als Macho und Schürzenjäger, als unzivilisiert und unmoralisch, so dass ich es aufgab, meine Meinung zum Besten zu geben, nicht aber nach ihr zu leben.

Meine sexuelle Neugier galt nur zu Beginn meiner Forschungsreise ins Land der Erotik den Schönen. Da ich nicht auf Liebe aus war, sondern auf puren Sex, war ich in erster Linie darauf bedacht, mein Erfahrungsspektrum zu erweitern, wie Zeitverschwendung wäre es mir erschienen, mehr als zweimal denselben Frauentyp zu verführen. Als ich jedoch die verschiedensten Varianten weiblicher Körper ausprobiert hatte, erhielt ich lediglich die Bestätigung dafür, dass Sex, reiner Sex nicht mehr als ein Spiel ist, vergleichbar mit jedem anderen Spiel, dessen man überdrüssig wird irgendwann, wenn man es beherrscht und vor allem oft genug wiederholt hat.

Genetisch verpatzt

Ich muss gestehen, dass ich Bäume schöner finde als Menschen. Und sie riechen auch besser, obwohl sie nicht duschen! Probieren Sie es aus! Riechen Sie an der Rinde eines zwanzig Jahre alten, ungewaschenen Baumes und schnuppern Sie anschließend an einem Obdachlosen, dessen letzte Dusche nur eine einzige Woche zurückliegt! Der Mensch ist genetisch verpatzt, daran bestand kein Zweifel für mich – allerdings nur in den ersten Jahren meiner Verkörperung. Später wurde ich eines besseren belehrt. Obwohl ich nach wie vor Bäume weitaus schöner finde als die Menschengestalt.

Sie sehen das anders? Naturgemäß, freilich, Sie glauben ja tatsächlich an ihr Menschsein. Ich hab da mehr Abstand, verstehen Sie? Betrachten Sie sich doch bitte nicht nur die Nadja Auermann oder Brad Pitt Typen. Gehen

Sie mal in die Sauna und sehen sich da um. Vielleicht genügt auch ein objektiver Blick in den Spiegel, wenn Sie entkleidet sind. Aber bitte auch im Profil. Und noch besser: Werfen Sie einen Blick in die Tageszeitung, auch wenn es Ihnen schwer fallen sollte, manche der Schlagzeilen zu lesen. Ein Österreicher sperrt seine Tochter ein viertel Jahrhundert lang in den Keller ein und vergewaltigt sie während der ganzen Zeit immer und immer wieder, macht ihr sogar ein Kind, das er anschließend tötet. Er fährt nach Thailand in den Urlaub und ist guter Dinge, während sie sich nicht einmal mehr an den Sonnenschein *erinnern* kann. Zusammen mit seinem Freund erschießt ein junger Mann all seine Familienmitglieder, vier an der Zahl, Vater, Mutter, beide Schwestern. Kleine Mädchen und Jungs werden von Triebtätern vergewaltigt, anschließend erwürgt und wie Müll entsorgt. Manche Frauen tun letzteres mit ihren ungeliebten Babys schon kurz nach deren Geburt. Junge Menschen marschieren für ihr Land und ihren Gott mit einem Sprengstoffgürtel an belebte Plätze, zünden die Ladung und sprengen sich selbst und alle, die sich in Reichweite befinden, in die Luft. Staatspräsidenten ändern die Gesetze des Landes, um nicht vor Gericht gestellt werden können. Andere lassen Regimegegner mit fadenscheinigen Gründen wegsperren. Wieder andere zetteln skrupellos einen Krieg an und nehmen Tausende von Menschenleben in Kauf, als Geschenk an die Lobbys, die sie an die Macht brachten und sie wie Marionetten gebrauchen. Um nur einige wenige Ereignisse zu nennen, deren Ursache ich nicht anders als mit einem genetisch bedingten Defekt zu erklären vermochte.

Sie müssen sich vorzustellen versuchen, dass mir das Menschsein vollkommen neu war. Deshalb, weil alles vollkommen neu war für mich war und ich auch keine Zeit hatte, mich an all das zu gewöhnen, sehe ich die Dinge aus einer gewissen Distanz. Das ist so, als würden Sie die neueste Mode von Karl Lagerfeld vorgeführt kriegen und prüfen, welches Kleid Ihnen auf welchem Model auch immer zusagt, gefällt oder Sie abstößt, bzw. gleichgültig lässt.

Ich sehe nur Masken, Gewänder, Kostüme, nichts drunter. Könnte aber ebenso sagen: Insbesondere *das* drunter. Also ein Skelett, mit Haut überzogen und die Organe, Herz, Lunge, Nieren, Leber, Galle, bei Tieren nennen wir sie Innereien, die man auch verspeisen kann, wenn's einem denn schmeckt. Dann die Adern, durch welche andauernd Blut gepumpt wird, Blut, vor dem Sie erschre-

33

cken und vor dem es Sie ekeln würde, wenn Sie es in einer Schale serviert bekämen. Das, was Sie am Leben erhält, würden Sie, wie einige archaische Völker es taten, um an Kraft zu gewinnen, höchstwahrscheinlich nicht trinken. Oder sehen Sie sich einmal ein in Formalin eingelegtes Gehirn im Reagenzglas an. Das ist also das Ding, mit dem wir denken, fühlen, wahrnehmen? Da drin werden auch die elektrischen Impulse erzeugt, die uns vor Liebe beinahe wahnsinnig machen, wenn wir dem oder der Angebeteten begegnen und das Gehirn ist es auch, das jene krankhafte Eifersucht produziert, die so manchen betrogenen Liebhaber zum Totschläger werden lässt? In dieser mausgrauen, eigenartig verwölbten Masse verbirgt sich also das Potential zu allen Geschichten, die jemals erzählt wurden? Nicht nur denen in Büchern. Auch denen im Leben. Denn die externe Welt ist da drin und kommt da nicht raus, wie es uns ja selbst die Hirnforscher neuerdings sagen. Jeder Schritt, den Sie auf der Straße Ihrer Wahl gehen, ob Sie ihn nun gehen müssen oder gehen wollen, der Sie aber in jedem Fall von A nach B führt, befindet sich nur in Ihrem Kopf, nicht etwa *da draußen*. Sie denken, Sie joggen und überwinden dabei zehn oder gar vierundzwanzig Kilometer, wenn Sie den

Halbmarathon laufen. Sie laufen dabei auf schmalen, ungeteerten Wegen durch Wiesen und Felder, vielleicht durch den angrenzenden Wald, sie hören Vogelgezwitscher, das Zirpen der Grillen, das Muhen der Kühe, das Wiehern der Pferde oder einen ratternden Güterzug, weil Sie gerade neben dem Gleis entlang laufen. Sie spüren den Wind im Gesicht, Sie sehen die Sonne am Himmel und wie sie dann eine Wolke bedeckt. Sie gelangen erschöpft und zugleich gestärkt zuhause an, Sie entkleiden sich, stellen sich unter die Dusche, genießen den Duschstrahl, riechen den erfrischenden Geruch Ihres Duschgels. Das alles existiert, überhaupt keine Frage, jedoch nicht extern, nur intern. All das, die Formen und Farben, die Gerüche, die Berührungen, ja selbst die Entfernungen, auch wenn sie messbar erscheinen, werden erzeugt im Gehirn. Und nirgendwo sonst.

Sie joggen also in Wirklichkeit nicht, Sie tun nur so als ob. Und der einzige Unterschied zu mir besteht darin, dass ich es weiß und Sie (höchstwahrscheinlich) noch nicht.

Wobei natürlich die Frage entsteht, wie es denn möglich sein soll, dass die externe Welt intern in einem externen Gehirn stattfindet. Ich könnte ja den Schädel eines lebenden Organismus öffnen und mir das Gehirn extern ansehen. Das würde jedoch lediglich in „meinem" Gehirn stattfinden, also intern, weil die externe Welt Illusion ist. Aber bitteschön, in wessen Gehirn denn? Kann ich denn überhaupt von *meinem* Gehirn reden, wenn es doch im Schädel eines Lebewesens steckt, das extern gar nicht existiert? Das wäre absurd, nicht wahr? Das Gehirn muss daher ebenso Illusion sein, wie sein Träger. Also wo zum Geier findet der Mind-Fuck denn nun in Wirklichkeit statt?

Ich lass Sie jetzt mal (eine Zeitlang) mit der Frage allein. Oder besser: zu zwein. Sie werden schon einen Hirni finden in der externen Welt, der wie Sie selbst lediglich intern erzeugte Illusion ist, um gemeinsam zu klären, wer und wo ihr denn nun in Wirklichkeit existiert. Machen Sie sich darüber nur keinen Kopf, denn der existiert ohnehin nur als virtuelle Realität!

Ja, menschlich war ich, bin ich noch immer. Werde ich womöglich noch ein paar Jährchen sein. Diese Vergangenheits-Gegenwarts- Zukunfts-Kiste konnte ich ebenso wenig einordnen wie den Teil meines Körpers, der sich manches Mal, ohne dass ich es beabsichtigte, selbstständig machte.

Nun hätte ich ja, glaubt man denjenigen, die Gott auf Erden vertreten, mit Begehrlichkeit nichts am Hut. Ich kann nur aus lustvoller Erfahrung sagen: Sie lügen! Ich muss es schließlich wissen, denn ich bin der, den sie vertreten. Vermeintlich vertreten. Aber das einzig echte an ihnen ist ihre Visitenkarte. Da steht es drauf: Gottes Stellvertreter auf Erden. Aber mich vertreten sie nicht. Mich zertreten sie. Allerdings ohne dass sie es wissen. Das muss man auch sagen, wenn man ihnen gerecht werden will. Sie glauben schon, was sie sagen. Die meisten zumindest. Jedenfalls bis sie den Glauben verlieren, weil die Welt so fürchterlich schlecht ist und weil ihnen ihre eigene Schlechtigkeit irgendwann einfach nicht verborgen bleiben kann. Dann, wenn sie den ersten Ministranten verführten und schluchzend vor dem Kreuz niederknien, um ihre Untat zu bereuen, beginnt der nagende Zweifel. Und er nagt wie ein Biber, der nicht eher aufhört zu nagen und mit dem Material Dämme zu bauen, bis sich der Fluss staut und das Land überschwemmt. Die stehen bis über die Hüften im Wasser, manchen reicht es sogar bis zum Hals, aber sie hören nicht auf sich selbst zu belügen. Sie können nicht aufhören, denn wenn sie aufhören würden, würde ihr Weltbild zerbrechen und da ihr Selbstbild aus ihrem Weltbild besteht, würden sie sich selbst demontieren. Und deshalb halten sie an ihm fest wie an ihrem eigenen Leben. Weil es *ihr* Leben ist, sie haben ja sonst keins.

Ich, Gott in der Körperlichkeit, erfahre Wollust genauso wie jeder andere Mensch, nur dass ich eben so tue, *als ob* ich Lust hätte. Wenn ich's genau bedenke unterscheidet mich nicht einmal das. Denn jeder andere Mensch tut auch nur als ob, aber eben dies, dass er nur so tut als ob, ist ihm zumeist nicht bewusst.

Weil ich nicht zu glauben vermag, dass ich etwas gegen die Begehrlichkeit hätte, da ich ja der bin, über dessen Standpunkt die Stellvertreter Gottes nur reden, ohne zu sein, was ich bin, bin ich ganz und gar Begehrlichkeit, wenn sie in meinen Lenden brennt.

Ich bin überhaupt in allem ganz drin, egal was ich tue oder gerade nicht tun will. Am liebsten, das muss ich allerdings gestehen, schlafe ich. Es mag Ihnen eigenartig erscheinen, denn die meisten meiner Zeitgenossen vermeiden den Schlaf, solange sie können. Sie haben dazu allerlei Mittel erfunden. Sie besuchen Discos und tanzen bis morgens um vier. Sie sitzen in Kneipen und spielen Poker, bis der Morgen graut. Sie veranstalten Gartenpartys, gehen ins Konzert und Theater, auf Vernissagen und Empfänge. In den neunziger Jahren dann löste der Computer, und damit das Googlen, Chatten und Internetsurfen viele der vorher erwähnten Schlafverhinderer ab. Nicht unerwähnt bleiben darf in dieser Aufzählung natürlich das Fernsehen. Viele schlafen sogar vor dem Apparat ein, weil ihnen schließlich die Augen zufallen. *Nur nicht einschlafen* scheint die Devise zu sein. Ich habe mich lange gefragt, warum das, was ich am meisten liebe, von den meisten Menschen mit allen zur Verfügung stehenden Mitteln vermieden wird. Warum ist Schlafen nicht höchst attraktiv? Warum ist es nicht die Nr. 1 unter allen Freizeitbeschäftigungen? Wo es doch nicht einmal etwas kostet? Warum höre ich immer wieder: Zum Schlafen hab ich noch genug Zeit! Womit man natürlich die Zeit nach dem Tod meint. Den ewigen Schlaf.

Eigentlich hätte ich gleich drauf kommen müssen, aber auch hierin spielte mir wiederum meine Göttlichkeit einen Streich. Ich versetzte mich anfangs nicht in die Menschen hinein. Ich beobachtete ihre kuriose Lebensweise nur aus meinem Blickwinkel. Und da ich weiß, wie es ist, wenn man körperlos ist, war es mir unbegreiflich, Schlaf vermeiden zu wollen oder gar zu befürchten, nicht mehr aufzuwachen.

Nichts passiert! Das ist ja das Großartige. Tod ist genauso wie Tiefschlaf. Haben Sie währenddessen schon jemals irgendetwas erlebt? Wenn Sie träumen, schlafen Sie nur noch nicht tief. Im Tiefschlaf gibt's keine Wahrnehmung. Und genauso bleibt es, wenn sie nicht mehr aufwachen sollten.

Die sprechen von mir und meinen nicht mich

Das Jahr meiner Verkörperung fand im Oktober 1968 statt. Und die Stadt, in welcher sie stattfand, war München, die Hauptstadt der Bayern. Es war ein interessantes, ein spannendes Jahr, denn es war jene Zeit, (vielleicht erinnern sich die älteren Leser) als glatzköpfige, orangefarben gewandete Krishna Jünger in den damals überall erst entstehenden Fußgängerzonen der Städte, chantend und mit verklärten Gesichtern vor den verdutzten Mienen der schockierten Bürger herum zu hüpfen begannen. Es war auch die Zeit, als linksgerichtete Studenten Mao-Bibeln verteilten, gegen den Vietnamkrieg protestierten, sich die Köpfe heiß diskutierten und Polizisten mit Steinen bewarfen. Die außerparlamentarische Opposition mit Rudi Dutschke entstand und Wohlstand sowie Karrierestreben waren damals unter der Jugend ebenso verpönt, wie heute die Minorität der Rechtsradikalen. Und es war auch die Zeit der Jesus-People Bewegung in den Vereinigten Staaten, die nach Europa herüber geschwappt war.

So eigenartig wie das gesamte Ereignis meiner Verkörperung war, so war es auch die Tatsache, dass ich nicht erst lernen musste, mich morgens vom Bett zu erheben, zu duschen, mich zu bekleiden, mir eine Tasse Kaffee zu machen, einen Toast zuzubereiten, ihn mit Butter und Honig zu bestreichen, zu laufen, mich zu bewegen, zu meiner Existenzsicherung einen Beruf zu ergreifen.

Alle notwendigen Handlungen nahm ich vor, als hätte ich nie etwas anderes getan. All die Beschränkungen, beispielsweise mir täglich zweimal die Zähne zu putzen, das Haar auf der rechten Seite zu scheiteln, Deo unter die Achseln zu sprühen, Socken nur einmal anzuziehen, Stufe für Stufe die Treppe herunterzulaufen, an der Fußgängerampel zu warten, bis sie auf Grün sprang, waren mir lästig und nervten mich ziemlich, aber ich wusste, wie man sich als menschliches Wesen verhielt. Und mein erstes Erlebnis, das ich aus welchen Gründen auch immer zunächst übersprang und bisher unterschlug, war wirklich bezeichnend, denn es ging dabei um mich, das heißt, vermeintlich ging es um mich.

Bei meinem ersten Spaziergang durch die Stadt stieß ich am Stachus auf einen spindeldürren, kleinen, etwa zwanzigjährigen Mann, also ebenso alt, wie ich mich einschätzte. Er stand dort in der Fußgängerzone und sprach ungewöhnlich laut zu den Menschen, die nahezu sämtlich an ihm vorbei hasteten. Nur einige wenige blieben in angemessener Entfernung stehen. Ein derartig gewaltiges Stimmvolumen traute man der Hühnerbrust nämlich gar nicht zu, doch der ausgezehrt wirkende, im Verhältnis zu seinem Stimmvolumen viel zu klein geratene Mann mit der großen Nase, die eine gewisse Ähnlichkeit mit einer Kartoffelknolle aufwies, besaß eine unglaublich kraftvolle Stimme. Er benutzte sie jedoch nicht, um Geld zu verdienen. Er pries weder garantiert lebenslang haltbare Kochtöpfe noch Allzweck-Küchenmesser an. Sein Metier war auch nicht die Politik. Er war weder Vertreter einer extrem rechten noch einer extrem linken Partei. Nein, der kleine Mann mit der großen Stimme versuchte *den getauften Heiden in München, den Karteileichen*, wie er sie nannte, seinen lieben Gott zu verkaufen. *Seinen* lieben Gott wie gesagt, denn Gott, also ich, ich stand ja dabei und hörte ihm zu.

Sein lieber Gott hatte die Gestalt eines einfachen, un-gebildeten Mannes, der sich, anstatt in die Fußstapfen seines zimmernden Vaters oder besser Stiefvaters oder besser noch Ziehvaters zu treten, zu Höherem, weit Hö-herem berufen sah: Sohn zu sein nämlich des höchsten Vaters, der nicht nur sein eigenes Volk, das Volk der Juden aus allen anderen Völkern absonderte, geradezu penibel absonderte, sondern des Vaters, der Himmel und Erde erschuf und der ihn, seinen Sohn, höchstpersönlich, wenn auch unkörperlich, in den Uterus einer Frau mani-pulierte, deren Verlobter nach der ersten, verständlichen Skepsis gegenüber dem göttlich-geistigen Fremdgehen und der göttlich-geistig vollzogenen Sperma-Manipulation im Unterleib seiner Zukünftigen, offenbar auf eines Engels Geheiß hin sein Ziehvater wurde.

Auf so blasphemische Art und Weise predigte der winzige Mann mit der gewaltigen Stimme des lieben Gottes einzig gezeugten Sohn freilich nicht. Nein, er bemühte sich im Gegenteil redlich darum, in seinem Vo-kabular der apostolischen Tradition treu zu bleiben. Und er wurde nicht müde, dies in seiner Predigt immer aufs Neue mit den Worten: „So steht es geschrieben" zu be-teuern – als könnte die Berufung auf bedrucktes Dünndruckpapier die Glaubwürdigkeit seines Inhalts beweisen oder gar garantieren. Doch der kleine Mann mit der großen Nase und der lauten Stimme war davon mindestens ebenso überzeugt wie von seiner eigenen Existenz und sagte es jedem, der es wissen- und auch jedem, der es nicht wissen wollte.

Wenn es etwas gab, was beim ersten Hinsehen bewundernswert war an dieser ansonsten so völlig unauffälligen Gestalt, an der man im Normalfall, ohne sie zu bemerken, vorbei laufen würde, so war es seine Leidenschaft und sein Mut. Beobachtete man ihn jedoch längere Zeit, gewann man eher den Eindruck, als sei er kein die angeborene Angst überwindender Mensch aus Fleisch und Blut, sondern ein aufgezogenes Spielzeugpredigermännchen. Seine immer gleichen Bewegungen, Aktivitäten und Worte vermittelten mir diesen Eindruck.

Das Predigermännchen stand, wohl um wenigstens ein wenig länger und damit wohl auch größer zu wirken, auf einer umgestülpten Obstkiste und schrie sich die Seele aus dem Leib. Es verkündete, es versprach, es berief sich, es glaubte, bezeugte, bekannte sich, es schimpfte, verurteilte, jammerte, bedauerte, verstand, verstand nicht, es erkannte, drohte, forderte heraus, propagierte, verhieß den Himmel, verdammte in die Hölle, bis seine Stimme nahezu versagte. Die Sehorgane unter seinen buschigen Augenbrauen erinnerten an den von ihm beschriebenen Christus der Endzeit, mit Augen wie Feuerflammen. Speichelbläschen bildeten sich in einem seiner Mundwinkel, dem rechten Mundwinkel, der durch die Schieflage der Oberlippe einen leicht herunter hängenden Eindruck vermittelte. Bei der Verkündigung, besonders dann, wenn sie an Lautstärke gewann, wirkte der schiefe Mund mit den Speichelbläschen irgendwie vulgär, ein Umstand, der im Kontext des religiösen Inhalts der Rede im Bewusstsein des Zuhörenden einen kaum entwirrbaren Widerspruch produzierte. Auf der rechten Handfläche hielt er eine in schwarzes Rindsleder gebundene, aufgeschlagene Bibel mit Schutzklappen, in die er zwar während der Predigt nicht sah, auf die er jedoch unentwegt mit der flachen linken Hand eindrosch. Ich war mir nicht sicher, ob ich diese Geste, ihren Ursprung betreffend, als motorisch oder demagogisch bezeichnen sollte. Nachdem er seine glühende Predigt, der jedes vernünftige Konzept fehlte, beendet hatte, stieg er von der Obstkiste herunter, mischte sich unter das säkularisierte, gemeine Volk und verteilte Traktate, dessen Inhalt in Kurzform wiederholten, was er vorher weitschweifig und theatralisch ausgeführt hatte. An der Art, wie er die Traktate verteilte, wurde in Sonderheit der aufgezogene Spielzeugcharakter des Predigermännchens deutlich. Denn er verteilte sie, man kann dazu wirklich nur sagen, mechanisch. Und hatte es das Männlein geschafft, ein Traktat in eines der zumeist Ablehnung signalisierenden Hände zu drücken, sagte es jedes Mal in der immer selben Tonlage: „Gott segne dich", und das klingt dann wie jene manchmal in Autobahnraststätten platzierten und als Bären oder Affen maskierte Maschinen, deren Sensor eine elektronische Stimme auslöst, die „Herzlich willkommen" schnarrt, wenn ein neuer Gast durch die Tür kommt. Das Männchen sah den Abnehmern kurz in die Augen, lächelte mechanisch, sagte: „Gott segne dich" und verteilte weiter. Erst nach der Verteilaktion, als es keine Traktate mehr in der Hand hatte, sprach es die Umherstehenden an. Auch dabei beachtete es offensichtlich kein göttlich-intuitives Prinzip, sondern einen profan-räumlichen Auswahlmechanismus, denn es begann links von der Obstkiste, schlug einen Halbkreis und endete ganz rechts auf der anderen Seite. Ob Leute freundlich oder mitleidig lächelten, ihn misstrauisch beäugten oder bewunderten, schien den Straßenprediger nicht zu interessieren. Er ging auf sie zu und sagte stereotyp, wie ein auf das Verteilen religiöser Traktate programmierter Roboter, ob er den jeweiligen Menschen nun kannte oder nicht kannte, ob es sich um einen Erwachsenen oder Jugendlichen, ob um einen Mann oder Frau handelte: „Kennst du Jesus?" Er sagte dies in einem Tonfall, der es einem beinahe unmöglich machte, mit „Ja" zu antworten. Entsprach man seiner suggestiven Erwartung und erwiderte „Nein", fragte er, wie aus der Pistole geschossen: „Willst du ihn nicht kennenlernen?" Das klang so, als müsse man die Welt zu Fuß umrunden, um ihn kennenzulernen und als wäre das Unterfangen ohne einen kompetenten Führer (wem sonst als dem Predigermännchen!) von vornherein zum Scheitern verurteilt. Erwiderte der Angesprochene daraufhin: „Weiß nicht", was sehr oft geschah, legte ihm das Predigermännchen eine Hand auf die Schulter, hob die andere empor, als könnte es dadurch eine direkte Funkverbindung zum Himmel herstellen, schloss die Augen und begann laut, jedoch in einer unverständlichen Sprache, die afrikanisch, indianisch, Italienisch und blödsinnig zugleich klang, für den verlorenen Sünder zu beten. Danach fragte es ihn noch einmal: „Willst du IHN nicht kennenlernen?" War der Angesprochene immer noch unschlüssig, sah das Männchen ihn mit dem immer selben Ausdruck mitleidig an, schüttelte den Kopf, seufzte abgrundtief und sagte dann: „Gott segne dich", ließ ihn stehen und wandte sich einem anderen zu, bei dem es denselben Spruch: „Kennst du Jesus?" anbrachte: Sagte der unfreiwillig Angesprochene beispielsweise: „Lass mich in Ruhe Du Blödmann!", was immer wieder einmal vorkam, legte er ihm, anders als bei der Kategorie der Unschlüssigen, nicht die Hand auf die Schulter, sondern kniete vor ihm auf dem schmutzigen Asphalt nieder, reckte eine seiner Hände zum Himmel empor und hielt, wiederum fremdsprachig Fürsprache für das verlorene Geschöpf. Im Knien noch fragte er ihn dann: „Willst du ihn nicht kennenlernen?" Lachte der ihn dann lauthals aus oder konfrontierte ihn mit dem Ausspruch des Götz von Berlichingen, stand das Männchen ebenso wie bei der Kategorie der Unschlüssigen auf und sagte: "Gott segne dich", worauf es sich einem anderen zuwandte.

Zwei der Umherstehenden, eine Frau und ein Mann, vermochte das aufgezogene Spielzeugpredigermännchen in einen Trancezustand zu versetzen. Diese bezeichnete es als vor Grundlegung der Welt Erwählte, die es durch göttliche Fügung aufzufinden vermochte. Der vor Grundlegung der Welt von seinem lieben Gott erwählte Mann war offenbar ein Entwurzelter, ein Haschbruder, ein Gammler, geistig minderbemittelt, sein Gesicht war, offenbar durch zu häufiges Ausdrücken zahlloser Pickel, vernarbt. Die vor Grundlegung der Welt von seinem lieben Gott erwählte Frau war eine entwurzelte Haschfrau, ebenfalls Gammlerin, ebenso geistig minderbemittelt und ein hässliches Entchen, die sich nach mehreren großen Enttäuschungen in der Liebe und dem ausgeträumten Traum, jemals die ersehnte Metamorphose zum Schwan zu erleben, anderweitigen, eher realisierbaren Wünschen zugewandt hatte, nämlich Jesus durch ein einfaches Gebet aufzunehmen und in den Himmel zu kommen, anstatt für ihr misslungenes Leben ewig in der Hölle zu schmoren.

Können Sie sich vorstellen, wie ich mich fühlte? Schließlich sprach das Männchen von mir! Ich hatte jedoch niemals irgendjemanden erwählt oder verstoßen. Ich war zum ersten Mal hier in einem menschlichen Körper und wusste nicht einmal wie mir geschah, als es geschah. Und von einer Jungfrau war ich mitnichten geboren, ich war ja nicht einmal wonnevoll gezeugt worden. Ich hatte nicht das Geringste mit Erlösung und Sündenvergebung am Hut. Also wovon und worüber sprach diese Hühnerbrust überhaupt? Und noch dazu mit dieser Gewissheit? Von diesem Augenblick an war ich beseelt von dem Wunsch zu erfahren, wie es möglich war, mit solch einer Gewissheit von jemandem zu sprechen, der nicht existierte. Und ich sollte fündig werden.

So kann und darf es nicht bleiben!

- Bedingungsloses Grundeinkommen anstatt der Demütigung und Demotivation, welcher Arbeitslose und verarmte Menschen weltweit ausgesetzt sind.

- Sonnenenergiegewinnung und deren Speicherung, die anders als die primitive Solartechnik, jede Art gegenwärtiger Energiegewinnung ersetzt.

- Abschaffung aller Fahrzeuge ohne Strombetrieb, schon wegen des entsetzlichen Lärms und des Gestanks. (Ich fragte mich, wie hielten die Menschen das aus?)

- Einschränkung des Flugbetriebs um mindestens 50 Prozent. (Warum bleiben die Leute nicht einfach zuhause, sondern müssen ständig um die Welt jetten?)

- Kein Kredit mehr, für den man Zinsen bezahlt.

- Wozu überhaupt Geld als Tauschmittel? (Umsetzung noch nicht durchdacht.)

- Abschaffung der allermeisten Waffen und Armeen weltweit. (Imposanter Sparansatz, der ein bedingungsloses Grundeinkommen sofort realisierbar machen würde.)

- Abschaffung aller Tierversuche.

- Steuern nur noch auf Konsumgüter. (Wie kann man nur Einkommen besteuern? Nichts ist demotivierender. Nichts forciert Steuerhinterziehung und Schwarzarbeit mehr!)

- Lebensschule als Hauptfach an allen Schulen und Universitäten.

- Aufklärung in den ersten 6 Schuljahren über die göttliche Natur des Menschen.

- Aufklärung über die natürliche Erhaltung der Lebenskraft, so dass der größte Teil der Schulmediziner arbeitslos wird und die Menschen nicht unwissentlich noch kränker machen kann, als sie es schon sind.

- Umbenennung der wenigen für Notfälle verbleibenden Krankenhäuser in „Vitalisierungscenter".
- Weltregierung mit föderalen Strukturen.
- Einsetzung eines wohlwollenden und weisen Autokraten anstatt nationaler Alleingänge und Demokratie, deren Politiker den Leuten nach dem Mund reden müssen, um Wählerstimmen zu sammeln.
- Abschaffung aller Parlamente, dafür Einsetzung eines 120köpfigen Teams loyaler Berater, die den Weltregenten kompetent in allen Fachbereichen beraten.
- Einführung des tibetischen Gottkönig-Auswahlsystems, um nach dem Ableben jedes wohlwollenden Autokraten das Risiko eines Nachfolgers mit Machtgelüsten und krimineller Energie zu minimieren.

Was Sie hier gerade verwundert lasen, nicht nur wegen des Inhalts, sondern auch, weil Ihnen der Kontext unklar sein dürfte, sind einige der handschriftlichen Eintragungen, die ich im Lauf der Zeit in mein Notizbuch schrieb. Denn nachdem ich das (Zusammen)Leben der Menschen eine Zeitlang beobachtet hatte, kamen mir jede Menge Ideen, um es zu verbessern. Weil es jedoch den Rahmen sprengen würde und sich schließlich auch als sinnlos erwies, die Umsetzung ins Auge zu fassen, langweile ich sie nicht mit meinen Gedanken dazu.

Zunächst jedoch war ich fasziniert von der Vision eines gerechten und harmonischen Zusammenlebens der Menschen auf diesem Globus und ich begann an einem Manuskript zu arbeiten, in dem ich alle Neuerungen, sowie deren Umsetzung, schriftlich aufzeichnete. Schließlich waren alle politischen und wirtschaftlichen Systeme, die wir heute kennen, zunächst Ideen gewesen, dann zu Visionen gereift und danach erst Wirklichkeit geworden.

Hätte es die französische Revolution ohne die berühmt gewordene *Encyclopédie ou Dictionnaire raisonné des sciences, des arts et des métiers* gegeben, in der maßgebliche Aufklärer wie Voltaire, Montesquieu und Rousseau ihre zum Aufruhr gegen eine korrupte Monarchie anstachelnden Artikel schrieben? Hätte es ohne *Das Kapital* von Karl Marx auf diesem Globus jemals den gescheiterten Versuch des Kommunismus gegeben? Wäre

die Welt ohne *Mein Kampf* womöglich vom Nationalso-
zialismus bewahrt geblieben? Hätte sich die sogenannte
Kulturrevolution unter Mao ohne „Das kleine rote Buch",
besser als Mao-Bibel bekannt, das jeder Chinese täglich
mit sich zu führen und zu lesen hatte, überhaupt ereignet?
Und wären wir nicht auch vor den Religionen bewahrt
worden, wenn nicht deren jeweilige heilige Schrift existierte? Worauf sollten sich ihre religiösen Führer berufen,
wenn sie nicht irgendeinen gottgehauchten Vers zitieren
könnten, der ihre Autorität untermauert?

Andererseits hatte es eine Reihe von wirklich großen,
aber namenlos gebliebenen Visionären gegeben, deren
Ideen sich niemals durchgesetzt haben. Und meine Vision, das fühlte ich je länger ich sie niederschrieb, war
womöglich, wenn überhaupt, erst für die zweite Hälfte
des dritten Jahrtausends nach Christus geeignet. Also
verlegte ich meine Interessen auf jene Frage, die mich
während der Predigt des Spielzeugpredigermännchens zu
beschäftigen begonnen hatte, nämlich wie es wohl möglich war, mit solch einer Gewissheit von jemandem zu
sprechen, der nicht existierte. Nun, um es zu erforschen,
musste ich zunächst einmal mindestens einen der Orte

besuchen, an denen sich die Wirkungsstätte dieser Predi-
gerroboter befand. Und das tat ich denn auch.

Die Pfingstler

Irgendwann, irgendwo hatte ich von den Pfingstlern gehört und dass sie, wie die Apostel am Pfingsttag, in fremden Sprachen redeten, wenn sie in Verzückung gerieten. Ich vermutete, dass das Predigermännchen vom Stachus dieser Gruppierung zugehören musste, da ich es in einer fremdartigen Sprache beten gehört hatte.

Auf dem Weg nach Hause sah ich dann ein Plakat, das den größten Heiler ankündigte, den die Welt jemals gesehen hatte. Überall in der Stadt kündeten bereits Wochen vorher Plakate und Transparente sein Kommen an. Alle Pfingstler, ansonsten in Hunderte kleiner Gruppierungen und Sektchen zerstritten, vereinigten sich zu einer großen gemeinsamen Aktion, organisierten Busse, welche die Menschen aus ganz Deutschland, Österreich und der Schweiz herbei bringen sollten, dazu Krankenwagen in großer Zahl, um die Lahmen und Bettlägerigen befördern zu können, damit sie, wie zur Zeit Jesu, durch seinen Gesandten, den gesalbten Evangelisten T. L. Hepburn, geheilt werden könnten.

Als ich in einer der vorderen Reihen Platz nahm, hörte ich neben mir bereits das typische Geschwafel pfingstlichen Zungenredens; zumeist klang dies ganz banal wie „Shanti la wanti", „Schak da la bak" oder „tom bolo tom". Nichts weiter als selbst produziertes Gelaber war das, wenn Sie mich fragen und nicht etwa eine vom heiligen Geist inspirierte Sprache, wovon diese Pfingstler allerdings völlig überzeugt zu sein schienen. Beim Beten streckten sie beide Arme nach oben, ihre Gesichter waren verzückt, die Augen geschlossen.

Schließlich erschien auf der Bühne, wie ein Geschäftsmann, mit dunklem Nadelstreifenanzug und Krawatte bekleidet, das Haar gestylt, ein großes Mikrophon in der Hand wie ein Star, der große, weltweit bekannte T. L. Hepburn, neben ihm sein deutscher Übersetzer. Die Menge begann zu applaudieren, er senkte bescheiden das Haupt, ließ jedoch den Beifall minutenlang über sich ergehen. Seiner selbstgefälligen Miene sah man nur allzu deutlich an, wie sehr er den Applaus genoss. Die Kranken direkt vor der Bühne, auf Bahren oder in Rollstühlen sitzend, fand er kaum eines Blickes für würdig. Dann begann er zu sprechen, jedoch nicht über Gott oder Heilung, sondern von seinen Projekten und Plänen, die alle viel Geld kosteten. Er nannte verschiedene hohe Beträge, die ihm Gott aber sicherlich geben würde, wie er es bisher immer getan hatte, noch nie habe er ihn enttäuscht. Dann berichtete er, wie während seiner letzten Heilungskampagne in Los Angeles Menschen nach vorne gekommen seien, um ihm Schecks im Wert von insgesamt fünfzigtausend Dollar zu übergeben, und er sei sich ganz sicher, denn Gott habe es ihm gezeigt, dies würde auch hier und heute, in dieser Versammlung, geschehen. Nach diesem Satz hielt er für kurze Zeit inne und schien auf die Spender zu warten. Als sich nach einer Weile nichts rührte, hob er die rechte Hand empor und schloss dann die Augen. „Ich sehe im Geist einen Mann, dem Gott gezeigt hat, dass er seinem Werk einen Scheck von fünftausend Euro geben soll", sagte er mit einer Stimme, dessen befremdend hohe Tonlage dabei auf ein und derselben Ebene schwang. "Bruder", rief er dann, "sei gehorsam, damit dich der Herr segnen kann!"

Mir wurde richtiggehend schlecht bei diesem widerwärtigen Schauspiel amerikanischer Geschäftstüchtigkeit, die sich hinter der frommen Maske des smarten Predigers verbarg, und ich konnte einfach nicht verstehen, dass keiner dieser enthusiastischen Pfingstler den Schwindel durchschaute, der insgesamt eine Stunde verschlang und Hepburn am Ende satte dreißigtausend Euro einbringen sollte.

Nach der Spendenaktion begann seine Predigt, und predigen konnte der Mann wirklich phantastisch. Was allerdings danach geschah, spottete wirklich jeder Beschreibung.

Hepburn ließ die Kranken zu sich auf die Bühne kommen und berührte ihren Kopf mit der Hand. Denen, die nicht gehen konnten, befahl er, sich selbst die Hand aufzulegen, denn, so begründete er diese Aufforderung, die Kraft des Heiligen Geistes, die den Raum erfülle, sei nicht auf ihn angewiesen. So demütig und bescheiden dies klang, hatte diese Methode wahrscheinlich ihren Grund allein darin, dass sich an den Bettlägerigen nicht demonstrieren ließ, was bei den Menschen, die laufen konnten und auf die Bühne gelangten, geschah. Sie fielen nämlich nach seiner Handauflegung blitzartig zu Boden, als hätte sie ein Stromschlag getroffen. Offensichtlich verfügte er über eine magische Kraft, obwohl ihm eher zuzutrauen gewesen wäre, dass er auch dazu irgendeinen perfiden Trick benutzte. Einer nach dem anderen, wie an einem Fließband, wurde von ihm berührt, fiel zu Boden, stand kurze Zeit später wieder auf und ging zurück an seinen Platz. Und jedem sagte er nur: "Sei geheilt!" weiter nichts. Als er die Kranken auf diese Art und Weise abgefertigt hatte, fragte er in die Menge, wer Zeugnis ablegen wolle von seiner Heilung. Als niemand aufstand, rief er: „Seht nicht auf euren Körper, auch nicht auf eure Gefühle, denn in den Wunden des gekreuzigten Christus seid ihr geheilt. Es kann gar nicht anders sein, oder zweifelt ihr etwa an seinem Wort? Habt ihr denn Christi Kraft nicht gespürt? Seid ihr nicht etwa zu Boden gefallen? Also seid ihr geheilt! Es gilt nun nur noch zu glauben, sonst nichts! Wenn ihr die Gesundheit nicht erlebt, die er euch bereits verlieh, dann glaubt ihr noch immer der Lüge des Teufels, denn Krankheit beruht auf dem Betrug eurer von ihm verführten Sinne."

Doch niemand erhob sich von seiner Bahre oder von seinem Rollstuhl, und keiner bezeugte, er könne wieder sehen, hören oder gar gehen. Lediglich einige wenige Leute, bei deren Auftritt er eher den Eindruck hatte, sie wollten aufschneiden oder die Gelegenheit nutzen, um auch einmal auf einer Bühne zu stehen und zu Tausenden von Menschen zu sprechen, erschienen auf dem Podium, denn was sie bezeugten, war wenig eindrucksvoll: Einer spürte seine Rückenschmerzen nicht mehr, ein anderer war nicht mehr heiser, und wieder ein anderer war von seinem Kopfschmerz befreit. Die pfingstlich-göttliche Kraft, deren Ausgießung er so vollmundig angekündigt hatte, bewirkte offensichtlich, wenn überhaupt, nicht mehr als ein Analgetikum oder ein Aspirin.

Dann kam das Ende. Während der Chor ein gefühlvolles Lied sang, war T. L. Hepburn plötzlich verschwunden und tauchte danach nicht mehr auf. Am nächsten Tag verbreiteten die Medien, er habe sich in sein Hotel fahren lassen und den Kirchenleitern telefonisch erklärt, die Leute in Deutschland seien so verbildet, dass sie nicht mehr imstande wären, so gläubig wie die Kinder zu werden, doch dies sei nun einmal Bedingung, damit Gott eingreifen könne. Da seien selbst ihm die Hände gebunden.

Einmal mehr begriff ich, was ich bereits bei meiner ersten, eher harmlosen Begegnung am Stachus in München mit einem christlichen Fundamentalisten empfand. *Die sind wie aufgezogen!* Heute, nachdem der Computer längst Einzug in die meisten Haushalte hielt, würde man vielleicht eher sagen: *wie programmiert.*

Wie konnte jemand ernsthaft an das glauben, was diese Schreihälse vollmundig verkündeten? Und wie konnte es vor allen Dingen der Schreihals selbst glauben?

Der Vergleich mit Adolf Hitler mag Ihnen in diesem Kontext etwas übertrieben erscheinen, mir aber kam er geradewegs recht. Wie war es möglich, dass ein ganzes Volk daran glaubte, einen von Gottes Gnaden berufenen Führer vor sich zu haben, wenn dieser Psychopath zu ihnen sprach? Besser: wenn er seine menschenverachtenden Thesen heraus brüllte wie ein Besessener? Wieso nur erschien er nicht allen Menschen als jene Witzfigur, wie sie in der bekannten Persiflage „Der große Diktator" von und mit Charlie Chaplin verfilmt worden war? Wie war es zu erklären, dass die Menge während der bekannten Rede im Berliner Sportpalast auf die Frage des Reichspropagandaministers Joseph Goebbels: „Wollt ihr den totalen Krieg?" mit einem einmütigen, frenetischen „Ja!" antwortete, obwohl die 6. Armee gerade erst aufgrund ihrer Niederlage vor Stalingrad den Ruf der Unbesiegbarkeit verloren hatte?

Was passierte hier wirklich? Was ging „hinter den Kulissen" vor? Das war nun mehr als zuvor meine Frage
und sie brannte wie Feuer in mir. Sie ließ mich nicht
mehr los, ich fühlte mich ihr ausgeliefert wie eine Fliege
im Spinnennetz. Gleichzeitig wusste ich, dass diese Frage
die entscheidende war und dass die Antwort auf sie alle
anderen, nachrangigen Fragen beantworten würde. Fragen nach der richtigen Religion, der richtigen Politik, der
richtigen Regierungsform, der richtigen Weltanschauung,
richtigen und falschen Verhaltensweisen interessierten
mich daher fortan nicht mehr.

Wer aber konnte, wer würde meine Frage beantworten
können? Wo waren die Menschen und gab es überhaupt
welche, die hinter die Kulissen sahen?

Nichts könnte wichtiger sein als etwas anderes

Satsang, dieses Wort begegnete mir zum ersten Mal, als ich im Jahr 2000 durch das Internet surfte. Ja, erst so viele Jahre später. Denn in der Zwischenzeit, nahezu dreißig Jahre also, versuchte ich die Frage zu klären, indem ich ein „normales" Leben führte, womit ich eigentlich kein normales meine, sondern schlicht eins, wie alle anderen es führen.

Ihnen mag sich berechtigterweise die Frage stellen, weshalb ich die Beantwortung meiner Frage nicht mit demselben Eifer und derselben Radikalität verfolgt hatte, wie Kapitän Ahab den weißen Wal in dem bekannten Roman „Moby Dick" von dem während seines Lebens relativ unbekannten Schriftsteller Herman Melville. Warum hatte ich nicht den Globus umrundet, um meinen Meister zu finden, weshalb war ich nicht bei Osho in

Poona gelandet, weshalb nicht bei seinem Nachfolger Papaji in Lucknow oder Nisargadatta Maharaj, dessen Wohnsitz sich in der Nähe des Rotlichtviertels in Bombay befand, weshalb nicht wie viele andere Wahrheitssucher in einem ZEN-Kloster oder gar im Ashram des pädophilen Zauberkünstlers Sai Baba in Puttaparthi? Nun, ich muss ihnen ehrlich gestehen, da ich der war, über den sie nur sprachen, interessierte mich nicht, was sie sagten. Was mich interessierte war das, was ich *nicht* kannte: Das stinknormale menschliche Leben!

Ich heiratete, zeugte drei Kinder und zog sie mehr schlecht als recht groß, weil ich im Grunde mit meiner eigenen Verkörperung, an die ich mich nie recht gewöhnen konnte, genug zu tun hatte. Ich bemühte mich redlich, war jedoch sicherlich nicht, was man einen „guten Vater" nennt. Dass sie, zwei Söhne und eine Tochter kaum noch Kontakt mit mir pflegen, berührt mich zwar manches Mal schmerzlich, erscheint mir jedoch als unvermeidlich.

Einmal pro Jahr fuhr oder flog ich mit der Familie in den Urlaub und belegte, wie es alle deutschen Urlauber tun, unsere Liegestühle um den Swimmingpool des Hotels, in dem wir wohnten, mit großflächigen Handtüchern, um sie als belegt zu kennzeichnen. Ich fraß mir in all den Jahren mindestens zwanzig mal einen gewichtigen Ranzen an, den ich anschließend mit Atkins, South Beach, Scarlsdale, Lutz, Mayo, Molke, Null, Ananas, Reis, Kartoffel und einigen anderen Diäten, deren ich mich nicht mehr erinnere, sowie dreimal wöchentlichem Jogging um mindestens zehn Kilogramm reduzierte. Worauf mein Gewicht anschließend wiederum mit jeder Woche anstieg und schließlich dafür sorgte, dass ich drei Kleidergrößen im Schrank hängen hatte, um in jeder Gewichtsphase nicht unbekleidet auf die Straße gehen- oder mich alternativ mit überquellenden Fettpolstern durchs Leben quälen zu müssen. Ich kaufte ein Haus auf dem Land, ließ einen hübschen Vorgarten anlegen, in dem außer Blumen, Sträuchern und Tomatenstauden vor allem Gartenzwerge aller Art stehen, weil Annette, meine Frau, diese Figürchen so liebt. Ich nicht, wobei die Anschaffung der Gartenzwerge kein größeres Opfer für mich bedeutet als einmal in der Woche auf mein allabendlich obligatorisches Glas Grauburgunder zu verzichten. Ich habe noch immer jedes Jahr von Frühjahr bis tief hinein in den Herbst immer wieder Streit mit dem Nachbarn, weil er es liebt, sich in seiner Freizeit dem Rasenmähen hinzugeben wie ein Mönch seinen Exerzitien und am Samstag morgen, wenn ich ausschlafen oder mich der Muße hingeben will, den Häcksler anzuwerfen, um Äste und Zweige, die er offenbar zuhauf vorrätig hatte oder, war dies nicht der Fall, bei den Nachbarn einzusammeln, zu zerkleinern. Wir suchten mit den Kindern zu Ostern vorher bemalte Eier im Garten, stellten am Abend vor dem 5. Dezember Stiefel gefüllt mit allerlei süßem Krimskrams vor die Türen der Kinderzimmer, schmück-ten den Weihnachtsbaum am Heiligen Abend mit Lamet-ta und farbigen Kugeln. Im Sommer luden wir Freunde zu Gartenpartys, bei denen mich Annette zum Grillen verdonnerte, wobei ich zumeist mit einem fadenscheini-gen Grund weit vor dem Partyende vorzeitig im Haus verschwand. Wir besuchten Weinfeste, bei denen ich mich sogleich bis zu einem gewissen Grad alkoholisierte, um dem Geschwätz einigermaßen interessiert folgen zu können. War mein Bewusstsein etwas getrübt, fiel es mir wesentlich leichter als einer der ihren zu agieren und nicht, wie sonst, hinter vorgehaltener Hand schon vor Mitternacht andauernd zu gähnen, was Annette stets als unanständig rügte, wenn sie es bemerkte.

69

Mein einträglicher Job machte mir am wenigsten Mühe, weil ich mir innerhalb von zehn allerdings recht mühseligen Jahren ein Netz von mir treu ergebenen Händlern aufgebaut hatte, die nur selten mit einem Mitbewerber fremdgehen oder mir gar gänzlich untreu werden. So konnte ich die meisten meiner Geschäfte per Telefon abwickeln und kam damit dem idealen Bild jenes Handelsvertreters nahe, den Willy Loman, der Hauptakteur des 1949 mit dem Pulitzerpreis ausgezeichneten Theaterstücks „Tod eines Handlungsreisenden", beschwor und dem er, allerdings erfolglos, lebenslang nachzueifern versuchte. Handelsvertreter, die seinem Ideal entsprachen, tätigten ihre Geschäfte zuhause per Telefon in Pantoffeln. Willy Loman allerdings war die Verwirklichung des amerikanischen Traums nicht vergönnt und so brachte er sich vor der letzten Rate zur Abzahlung seines Hauses um.

Ich hatte Annette geliebt, bevor wir heirateten. Ich hatte sie so sehr geliebt, dass ich zweitweise sogar meine brennende Frage *Was läuft hinter den Kulissen?* aus dem Auge verlor.

Und im Grunde genommen habe ich nie aufgehört sie zu lieben. Auch nicht, als sie es nicht mehr nötig befand, hinter meinem Rücken zu furzen oder zu rülpsen. Ich hatte öffentliches Furzen und Rülpsen allerdings nie als rücksichtslos, sondern als natürlichen Mechanismus des Magen-Darmtrakts empfunden, so dass es mich nicht störte. Als aber das sogenannte anfängliche Feuer der Liebe zur Glut niedergebrannt war, bemerkte ich, was schließlich den Ausschlag dafür geben sollte, hinter die Kulissen zu blicken. Aber soweit sind wir noch nicht und es wäre aus dramaturgischen Gründen ein Frevel, es jetzt schon zu tun.

Das Leben schien mir nicht mehr als Einengung, wie zu Beginn meiner Verkörperung. Gewöhnung hatte Einzug gehalten und ich lebte ein Leben wie alle anderen. Arbeiten während der Woche, abends dann, nach dem Abendessen ein, zwei Gläser Wein, fernsehen, so um die halb zwölf ab ins Bett, Sex ab und zu, meistens bequem im Liegen von hinten, am Wochenende dann Gartenarbeit, allerdings nur, wenn mir nichts anderes übrig blieb, als das wuchernde Unkraut zu jäten, lieber war es mir allerdings, faul auf der Terrasse zu liegen.

Die Gewissheit Gott zu sein verließ mich zwar nie, sie rückte jedoch so sehr in den Hintergrund wie das Atmen, dessen unbewusste Aktivität zwar das Leben erhält, aber nur dann bewusst wird, wenn es verhindert wird, wie beispielsweise beim Unterwassertauchen ohne Tauchgerät oder Schnorchel. Und genau das sollte passieren, denn irgendwann, als mein Leben langsam aber sicher in Langweile zu zerfließen begann, sah ich eines Nachts, in der ich verdammt noch einmal einfach nicht zum Einschlafen kam, auf YouTube das Video eines jener Typen, die sich als Satsang-Lehrer bezeichneten. Satsang, so hatte ich während meiner Recherche im Internet gelesen, ist ein indischer Begriff, der für das Zusammentreffen mit einem Guru steht, der als erleuchtet oder erwacht gilt.

Mit einem mir zutiefst produziert, also künstlich erscheinenden Lächeln, saß er mit gekreuzten Beinen auf einer mit weißem Tuch bedeckten Couch und sah abwechselnd von einem zum anderen. Hinter ihm an der Wand das Bild des mild lächelnden Ramana Maharshi. Vor ihm auf einem kleinen Tisch ein Glas Wasser und Blumen. Die Besucher sah man zwar im Video nicht, hörte jedoch ihre Fragen, die er nicht sofort, sondern erst nach einer längeren Pause mit einer Art von Gleichmut beantworte, die ich als arrogant empfand. Stets verwies er auf das eine und einzige Selbst, das vom Ego verdeckt werde.

„Wie kann ich meine wahre Natur erkennen?" wurde gefragt.

Er daraufhin: „Stell dir einfach die Frage: *Wer bin ich*".

„Wie oft?"

„Solange bis klar wird, wer du *wirklich* bist!"

„Und wer bin ich?"

„Du bist das eine und einzige Selbst!"

„Ich habe mir diese Frage schon oft gestellt, konnte aber bisher nicht erkennen, dass ich das Selbst bin!"

„Das Ego verstellt dir noch immer die Sicht auf das Selbst!"

„Aber wie kann ich es denn loskriegen?"

„Durch Selbsterforschung. Stell einfach immer wieder die Frage: *Wer bin ich?*"

Das Satsang-Karussell drehte sich zu seinem Ausgangspunkt zurück. Und das geschah immer wieder. Vom Ego zum Selbst, vom Selbst zum Ego und wieder zurück.

Ich fragte mich, worüber dieser Mensch mit seiner irgendwie verstellten, gekünstelten Stimme, eigentlich sprach? Ego, Selbst, was genau meinte er mit diesen Begriffen?

Es gab kein Ego. Ein Selbst allerdings auch nicht. Natürlich sagte ich „Ich", wenn ich von mir sprach. Und ich sagte „Du" oder „Sie", wenn ich mit einem anderen sprach. Aber es war ebenso, als hätte ich „hier" und „dort" gesagt. Es waren Standortbestimmungen, nichts weiter.

Und was war wohl das eine und einzige Selbst? Millionen von Egos und *ein Selbst*, das von jedem dieser Millionen, ja Milliarden Egos *verdeckt* war. Was war das für ein Scheiß-Spiel? Und vor allem: wer spielte es? Spielte das Selbst mit dem Ego oder das Ego mit dem Selbst? Wenn das Ego so mächtig war, um das eine und einzige Selbst zu „verdecken", hatte es verdammt viel Macht! Aber wenn es nur das eine und einzige Selbst gab, wie konnte es dann neben ihm noch ein Selbst geben, das womöglich mächtiger war als es selbst? Denn offenbar gab es nur sehr wenige „erwachte" Menschen. Einer ihrer wohl bekanntesten Lehrer – Papaji – hatte von weltweit sechzig Erwachten gesprochen.

Ego war ja nur der lateinische Begriff für das Ich. Ob ich das Ich *Ich* oder *Selbst* nenne, ist doch gehupft wie gekugelt!

Ich besorgte mir einschlägige Literatur. Und siehe da, in all diesen Büchern begegnete ich der gleichen Absurdität.

Sie alle gingen von der Annahme aus, dass ein Ego existiert, das dem Selbst oder dem Einen oder der Essenz oder dem Selbst oder Gott sozusagen Konkurrenz macht. Zwar waren die Mittel, um ihm erfolgreich zu begegnen, verschiedener Art. Meditation und Selbsterforschung empfahlen die einen, Hingabe die anderen, Stille die nächsten und einige ganz Verwegene verwiesen schlicht auf den Fakt: Du bist das Selbst, obwohl sie natürlich wussten, dass es einen großen Unterschied gab zwischen denen, die wussten, dass sie es waren und jenen, die es nur glaubten oder vermuteten.

Mir aber schien das alles völlig absurd, und zwar, weil ich wusste, dass es genau umgekehrt war. Nicht der Mensch fragte sich nach seinem Ursprung, sondern ich, Gott, fragte mich, was ich hier zu suchen hatte. Wie war es möglich geworden zu *verkörpern*? (In meiner Wahrnehmung noch immer dem Begriff *verwahrlosen* näher.) Das war die Frage, die ich noch immer nicht geklärt hatte. Was genau führte zu dieser Wahrnehmung? Da war kein Selbst und da war auch kein Ego. Da war nur ein menschlicher Körper mit der Welt drum herum, und dieser Körper war nichts anderes als ich, Gott, in einem allerdings äußerst eingeengten Zustand. Und daher war die Frage, wie ich zu Gott zurückkehren oder Ego transzendieren kann, nichts anderes als das Produkt einer verhängnisvollen Verwechslung.

Auch Kafkas Ungeheuer in seinem Roman „Die Verwandlung" war ja niemand anderes als der Handelsreisende Salsa, nur dass er nicht mehr so aussah wie der Handelsreisende Salsa. Und die einzig zu klärende Frage war, wie es zu diesem anderen Aussehen kommen konnte! Ändern konnte es ohnehin niemand. Hätte er jedoch sein Selbstwertgefühl nicht an seinem veränderten Aussehen festgemacht, sondern an seiner ursprünglichen Identität festgehalten, wäre ihm womöglich das Schicksal gnädig gewesen. Ich hatte darin nie eine Wahl. Was immer ich tat, wie immer ich mich verhielt, niemals konnte ich deshalb nicht Gott sein!

Eins war mir mittlerweile mehr als klar geworden. In meinem Menschsein unterschied ich mich nicht von anderen Menschen. Meine Bedürfnisse, mein Verhalten, meine Gewohnheiten, die sich im Lauf der Zeit gebildet hatten, waren in vielerlei Hinsicht identisch mit denen meiner Zeitgenossen. Niemand hatte mich jemals auf meine Göttlichkeit angesprochen. Also war sie nur mir selbst offenbar. Sie war mir bewusst, hatte aber keinerlei praktische Auswirkungen. Ich hatte keinen Strahlenkranz um mein Haupt und sah auch nicht verklärt gen Himmel, außer ich hatte zu viel getrunken. Jünger hatte ich auch nicht um mich versammelt, ich hätte nicht einmal gewusst, was ich sie hätte lehren sollen. Bei mir hätten sie im besten Fall gelernt, wie man Kohle macht, wie man (k)einem Streit aus dem Weg geht, wie man allerlei Diäten durchzieht, ohne sein Idealgewicht halten zu können, wie man sich gepflegt betrinkt, ohne das Bewusstsein zu verlieren, wie man guten Sex hat, ohne sich um den Orgasmus der Frau allzu sehr bemühen zu müssen und vielleicht noch ein paar Dinge mehr, die mir aber gerade nicht einfallen wollen und wohl auch nicht sonderlich wichtig sind, weil Sie mich wahrlich nicht brauchen, um das zu lernen.

Wieso aber glaubte Gott an (s)ein Menschsein? Wie war diese Verwechslung möglich geworden? Religionen konnten nur wegen dieser Verwechslung entstehen. Und wie viel Elend hatten gerade sie angerichtet! Nicht nur in den Kreuzzügen und wegen der Hexenverbrennungen. Sie hatten vor allem Schuldbewusstsein erzeugt. Mit den Schuldzuweisungen zusammen *die* Geisel der Menschheit!

Ach wissen Sie, in den ersten Jahren meiner Verkörperung hätte ich mich am liebsten wie das Spielzeugpredigermännchen auf die Straße gestellt und gebrüllt: *Nieder mit allen Religionen! Lasst euch doch nicht für dumm verkaufen! Ihr alle seid Gott! Gott verkörpert! Gott in seinem Menschsein! Genießt es. Erforscht es! Geht dabei bis an die äußersten Grenzen! Die Chance, dass zu sein, was ihr gegenwärtig seid, habt ihr nur einmal! Ihr müsst euch nicht irgendwo hin entwickeln! Ihr braucht euch nicht darum zu kümmern, was nach dem Tod kommt. Denn ihr seid Gott, verkörpert oder entleibt!*

Ich hab's nicht getan, weil ich wusste: Umsonst! Keiner würde dir zuhören! Keiner würde dir glauben! Die Wahrscheinlichkeit in der Psychiatrie zu landen wäre jedenfalls größer gewesen als interessierte Zuhörer zu finden.

Das Leben war wie es war. Und nichts war wichtiger, sinnvoller, nützlicher als etwas anderes. Mehr noch: eins bedingte das andere. Licht konnte nur zusammen mit Finsternis, Gutes nur mit dem Bösen, Fülle nur mit dem Mangel, Freude nur mit dem Schmerz erscheinen.

Wozu taugen Polizisten ohne Verbrecher? Was wäre eine Fußballmannschaft ohne Gegner? Was bedeutete es Geld zu verdienen, wenn man es nicht ausgeben könnte?

Könnten wir die Freude des Wiedersehens ohne vorherigen Abschied erleben? Würde uns ein Filetsteak schmecken oder für die Vegetarier unter meinen geschätzten Lesern ein mit Ziegenkäse überbackender Blumenkohl, wenn wir nicht zuvor Hunger oder zumindest Appetit hätten? Eins bedingt das andere und ohne dass es so wäre, wäre Leben nicht nur undenkbar sondern unlebbar.

Und dann traf ich Christine

Sie war für mich, was Christus für Maria Magdalena gewesen sein muss. Nur umgekehrt, dass ich ein Mann und sie eine Frau war, dass sie etwa 2000 Jahre später geboren worden- und keine Jüdin war, jedoch auch keine Christin, kein Moslem, kein Hindu, keine Buddhistin. Hätte man sie aber als Nihilistin oder Atheistin bezeichnet, wäre man ihr ebenfalls nicht gerecht geworden.

Ich hab gerade darüber nachgedacht, ob ich erzählen soll, wie wir uns kennenlernten und Gefallen aneinander fanden, gelangte jedoch zu der Überzeugung, dass dies ebenso unnötig ist, wie es den Schreibern der Evangelien überflüssig erschien, über die intime Beziehung zwischen Jesus Christus und seiner Lebensgefährtin Maria Magdalena zu berichten.

Nur soviel über sie. Sie war jung, dreißig Jahre jünger als ich und sie hatte über ihr klassisches Aussehen hinaus jenes gewisse Etwas, das mich an Frauen reizte. Keine intellektuelle Feministin wie Alice Schwarzer und kein – ebenso beredtes wie oberflächliches – Model wie Claudia Schiffer. Sie schaute ebenso wenig zu mir auf wie an mir (altem Sack) runter. Sie war durchaus selbstbewusst, hatte jedoch ihre Weiblichkeit nicht eingebüßt.

Christine war ein Jahr bevor wir uns kennenlernten bei einem Typ gewesen, der irgendwo in Sardinien auf einem Berg mit Meerblick wohnte und ein zurückgezogenes Leben führte. Sie hatte ein Buch von ihm gelesen und war anschließend kurz entschlossen zu ihm gefahren, nachdem sie über den Verlag herausgefunden hatte, wer hinter dem Pseudonym steckte.

So hatte sie es immer gemacht, wenn sie *berührt* worden war. Und sie war offenbar oftmals *berührt* worden, wenn ich mich an all die Namen derer erinnere, die sie *berührt* hatten. Bekannte und unbekannte Namen waren darunter. In den neun Jahren ihrer, „spirituellen Suche", wie sie es nannte, war sie insgesamt neun spirituellen Meistern begegnet. Einem pro Jahr sozusagen.

Die erste *Berührung*, so erzählte sie mir eines Morgens, als wir nach unserer ersten gemeinsamen Nacht im Bett eines Romantik-Hotels in Linz frühstückten, fand durch das Buch eines gewissen Dr. Joseph Murphy statt, als sie sein Standardwerk *Die Macht Ihres Unterbewusstseins* las. Und sie hatte praktiziert, was der in Religionswissenschaften, Philosophie und Jura promovierte Amerikaner propagierte. Sie visualisierte Reichtum so lange und so oft, bis sie sich reich fühlte und darüber hinaus das imaginäre Geld auch schon ausgab, obwohl sie nur einige Kreditkarten und leere Konten besaß. Was dabei heraus kam, war ein riesiger Schuldenberg, der noch immer nicht gänzlich abgetragen war, als ich sie, immerhin zehn Jahre später, kennenlernte.

Anschließend fiel ihr ein Buch des bekannten indischen Gurus Ramana Maharshi mit dem Titel *Sei was du bist!* in die Hände, und weil sie genug davon hatte, so zu tun als wäre sie etwas, was sie zweifelsfrei nicht war, las sie das Buch. Anschließend war sie so verwirrt wie nie zuvor im Leben, denn dieser Weise, der bereits im sechzehnten Lebensjahr erleuchtet worden war und anschließend bis zu seinem Lebensende auf dem Berg Arunachala lebte, auf den seine Anhänger auch heute noch pilgern, weil sie dort seine Präsenz zu spüren glauben, dieser weise Mann sagte, dass weder ein Schöpfer noch eine Schöpfung existiere und die Welt Illusion sei. Weil Christine nicht recht verstand, wie es zu verstehen sei, dass etwas, das sie als so gänzlich real empfand, irreal sein sollte, besuchte sie spirituelle Meister der Gegenwart, von denen einige sein Bild an der Wand hängen hatten, sich auf ihn als ihren wichtigsten Vorgänger beriefen und sich in dem, was sie lehrten, auf ihn bezogen. Darunter war auch jener Dauer-lächler, den ich auf YouTube gesehen hatte.

Ich wiederhole nicht, was sie mit den Meistern im Ein-zelnen an Schwachsinn erlebte. Nur soviel sei gesagt: Jeweils ein Jahr mit jedem genügte, um herauszufinden, dass sie offenbar selbst nur wenig von dem verstanden, was sie zu verstehen vorgaben.

Christine spielte eine Zeitlang mit Selbstmordgedanken, weil sie so maßlos enttäuscht war, ein Jahrzehnt verloren zu haben, ihr Überlebenswille jedoch erwies sich als stär-ker. Sie hatte noch nicht einmal Rasierklingen gekauft, geschweige denn benutzt und sie war auch nie auf einer Brücke gestanden.

Dafür aber war sie nach Sardinien gefahren, zu jenem Schriftsteller, bei dem sie glaubte endlich das zu erfah-ren, was ihr noch fehlte. Nach dem beschwerlichen An-stieg auf jenen Berg, auf dem er wie ein Adler im Horst lebte, befand sie sich schließlich vor dem malerischen

Gebäude mit Wänden aus unverputztem grauem Granit-stein. Der alte Mann hatte sie kommen gesehen, begrüßte sie jedoch nicht so überfreundlich, wie sie es von anderen spirituellen Lehrern gewohnt war. Er öffnete die schwere Tür aus massivem Eichenholz auf und führte sie ins Innere des Hauses. Der Wohnraum mit den wenigen antiken Möbelstücken und dem offenen Kamin war großzügig geschnitten und mit der angrenzenden Küche durch eine Bar verbunden. Den Boden, ebenfalls aus Naturstein, bedeckten wertvolle Perserteppiche. Er öffnete die Tür zu einem der insgesamt drei Schlafräume. „Wundere dich nicht" sagte er dabei, „das Haus hat keine Klimaanlage. Aber du wirst trotzdem nicht schwitzen. Hier oben weht nahezu immer eine frische Brise vom Meer her und der Naturstein speichert nicht die Hitze des Tages."

Als Christine sich in dem komfortablen, mit weißen Marmorfliesen gekachelten Bad frisch gemacht hatte und anschließend auf der Terrasse erschien, standen eine Ka-raffe mit Rotwein, Weißbrot, Parmaschinken und eine Schale mit frischen Oliven auf dem Tisch der Veranda, die mit wildem Wein überwuchert war. Der alte Mann stand an der Mauerbegrenzung und sah aufs Meer hinaus, sein schneeweißes Haar flatterte im Wind. Die Sonne stand tief. Christine gesellte sich zu ihm und füllte ihre Lunge mit der salzhaltigen Luft.

Sein Haus an der Ostküste Sardiniens am Golf von Orosei lag auf einem Felsplateau, das zum Meer hin steil nach unten abfiel. Der Höhenunterschied mochte dreißig Meter betragen. Der Panoramablick in die umliegende Landschaft war grandios: wild wuchernde Macchia überall, Sträucher, Akazien, Agaven, Olivenbäume, Feigenbäume, Blumen aller Art. Nach rechts und links erhoben sich die pittoresken Berge Monte Bardia und Tului im Süden, Monte Tuttavista und Agitadores im Norden. Sogar der berühmte Monte Sopramonte, höchster Gipfel Sardiniens, war in der Ferne zu sehen. Nach Osten hin lag hinter einem Canyon das smaragdblau glitzernde Meer.

„Der größte Teil des wilden Tales gehört zum Grundstück und lädt zu phantastischen Naturerlebnissen ein", erläuterte der alte Mann, „und der schmale Weg, den du da unten siehst, schlängelt sich über den gesamten Canyon bis hin zum Meer, in weniger als fünfzehn Minuten läuft man zum Strand. Der kleine Fluss dort im Tal führt das ganze Jahr Wasser. Die Gegend ist praktisch menschenleer, hier begegnet man höchstens einmal ein paar

Ziegen. Touristen verirren sich kaum einmal in diese einsame Gegend. Und sieh nur einmal nach oben." Als sie ihren Blick gen Himmel richtete, sah sie einige Falken und andere Raubvögel über sich kreisen. „Du wirst die nächsten Tage genügend Zeit haben, um all das zu genießen." Er trat zum Tisch und goss Wein in die Gläser. „Ein herrliches Tröpfchen, kann ich dir sagen." Er erhob sein Glas und stieß mit ihr an.

Der alte Mann auf dem Berg, wie sie ihn von da an nannte, sah ihr weder gütig lächelnd in die Augen, noch sprach er über die Kraft der Stille, er gab ihr auch nicht die Empfehlung zur Kontemplation und Meditation. Er versuchte ihr weder beizubringen, im Hier und Jetzt zu leben, noch ihren Schmerzkörper aufzulösen. Er sprach weder vom Ich bin noch vom Nichts, weder vom Selbst noch vom Ego, und er wiederholte auch nicht gebetsmühlenartig: Du bist DAS!

Er trank den Wein in der Karaffe nahezu allein aus, weil Christine kaum einmal Alkohol trank und schon nach dem ersten Glas beschwipst war. Anschließend füllte er sie erneut und trank genüsslich weiter. Er rauchte eine Zigarette nach der anderen und schien genau das Gegenteil dessen zu sein, was sie sich unter ihm vorgestellt hatte, als sie sein Buch las, denn während des ganzen Abends und es war Mitternacht, als er sich schließlich verabschiedete und zu Bett ging, hatte er kein einziges spirituelles Thema angesprochen und jede ihrer spirituellen Fragen abgewürgt, bevor sie sie überhaupt stellen konnte. Er interessierte sich für ihr alltägliches Leben und erzählte ihr über sein langes eine kurzweilige Episode nach der anderen.

Einmal mehr war sie restlos enttäuscht und erst gegen Morgen fiel sie in einen unruhigen Schlaf und träumte wirres, zusammenhangloses Zeug. Beim Frühstück fragte sie ihn dann frustriert und mürrisch, ob er einen Ghostwriter habe, der das Buch, das sie gelesen und für seines gehalten hatte, für ihn geschrieben hätte. Da begann er so laut zu lachen, dass sie zusammenfuhr, weil sie dachte, sie hätte es wohl weder mit einem Weisen noch einem Betrüger, sondern mit einem Irren zu tun.

„Ach Christinchen", sagte er darauf und wischte sich die Lachtränen aus den Augen, „du hast sicherlich erwartet einen Antialkoholiker und Nichtraucher, einen abgeklärten, stets glückselig lächelnden, disziplinierten Heiligen vorzufinden, der ständig Zitate aus der Bhagavad Gita ausspuckt anstatt Olivenkerne wie ich. Nun, damit kann ich nicht dienen und ich lege keinen Wert darauf, einer zu sein, das war allerdings früher mal anders. Ich hab nur eins erkannt, nur eines, Christinchen und das ist, dass kein Ich existiert. Da ist niemand, der sich für oder gegen etwas entscheidet. Entscheidungen gibt es natürlich, der Entscheider jedoch, der ist sowas wie eine Fata Morgana. Die sieht aus wie eine Oase, wenn du aber überprüfst, ob eine da ist, wirst du keine finden." Dann bat er sie, ein kleines Experiment mit ihr machen zu dürfen. Sie solle ihre Hände nach oben hin öffnen und dann beide abwechselnd ansehen. „Und nun meine Empfehlung", fuhr er fort, „in den nächsten Sekunden entscheide dich bitte ganz bewusst, eine der beiden Hände zu schließen. Und wenn du dich entschieden hast, dann schließ sie ganz bewusst zu einer Faust." Christine tat wie geheißen. „Nun, Christinchen", sagte er anschließend, „bitte lass Revue passieren, was geschehen ist." Christine fand schließlich heraus, dass sie unmöglich behaupten konnte, sie habe sich ganz bewusst zum Schließen der linken Hand entschlossen. In ihrem Kopf war nach seiner Empfehlung ein weder von ihr initiierter noch kontrollierter Entscheidungsprozess abgelaufen, der mit einem Impuls endete, nämlich, die linke Hand zu schließen und die

Handlung, also das Schließen der Hand, verlief ebenso. Es geschah, letztlich ohne sie, ohne einen Entscheider.

„Gottverdammich", rief sie baff erstaunt aus, „es ist tatsächlich so wie du sagst. Ich hab nichts von dem entschieden, was hier gerade passiert ist."

„Oder wie es Buddha schon sagte", sagte er, „Taten gibt es, allein ein Täter findet sich nicht.

Sie verbrachte bei ihm eine Woche, die sie weniger mit spirituellen Gesprächen als mit ausgedehnten Wanderungen und dem Betrachten der Naturschönheiten verbrachten, die er ihr angekündigt hatte. Die ganze Zeit über verbrachte sie in einer Art Höhenflug, am Abend des letzten Tages jedoch, sie saßen beide auf der Veranda und es begann bereits zu dämmern, verfiel sie urplötzlich in einen melancholischen Zustand.

„Was ist mit dir?" fragte er, als er sah, wie sich ihre Physiognomie änderte.

„Ich dachte gerade daran, dass ich dich morgen verlasse und das tut sehr weh!" Tränen stürzten aus ihren Augen.

„Dann wird es Zeit für die zweite und letzte Lektion, mein liebes Christinchen", sagte er und trank sein Glas leer.

Sie sah ihn erstaunt an. „Sagtest du nicht, dass du nur eins wüsstest und das ist…"

„Kein Täter, nur Taten", ergänzte er kopfnickend", so ist es und im Grunde genügt es, aber für Situationen wie diese hier musst du deinen freien Willen einsetzen."

Sie sah ihn eine Zeitlang starr an und sagte dann leise: „Das meinst du nicht ernst! Hast du mich nicht die ganze Zeit über gelehrt, dass es keinen gibt?"

„Es gibt ihn und gibt ihn nicht", erwiderte er, wobei er sich abrupt erhob, „ebenso wie ich mich eben entschied aufzustehen, kannst du dich zu jedem Zeitpunkt für oder gegen eine Handlung entscheiden." Er beugte sich zu ihr herab und sah ihr mit einem schelmischen und gleichzeitig gütigen Blick die Augen. „Jedoch egal wie sich Christinchen jeweils entscheidet, steht es bereits im kosmischen Drehbuch, denn du tust immer nur und kannst immer nur tun, was dort drin steht."

„Egal was ich tue?"

„Vollkommen egal!"

„Es gibt also keine Regel mehr für mich?"

„Andere als vorher, Christinchen, denn auch du bist noch im Spiel und ein Spiel wird immer nach Regeln gespielt." Er nahm wieder Platz.

„Verrätst du sie mir?"

„Natürlich, es sind ja nur drei, nicht etwa zehn wie die Zahl der Gebote. Die erste ist: Du bist im Spiel, vergiss vor allem das nie! Nichts ist real, alles nur virtuell, nur so als ob, nur hypothetisch vorhanden. Und du Christinchen, womit dein wunderhübscher Körper gemeint ist, du bist die Figur, mit der durchs Spiel navigiert wird. Aber du bist nicht nur sie, du bist alles, was dir begegnet im Spiel. Ausnahmslos alles. Jede Person und jede Situation. Du hast sie erfunden, du als das, was verborgen, unsichtbar, formlos bleibt und doch die einzige Wirklichkeit ist."

Sie lachte. „Also habe ich mir auch dich erfunden?"

„Jede Person, der du bisher begegnet bist, einschließlich deiner und meiner. Na klar!"

„Dann habe ich mir also auch all die Gurus erfunden, die mich in die Irre führten?"

„Sag das nicht. So lief damals dein Spiel. Sie alle haben nur das gesagt und getan, was ihnen zu sagen und zu tun verordnet war. Wenn du nicht aus den Augen verlierst, dass dies hier wirklich nicht mehr als ein genial insze-niertes Spiel ist, wirst du keinen Menschen mehr schuldig sprechen. Weder dich noch einen Anderen."

Sie nickte. Und sie verstand. Ach, wie gern wäre sie hier bei ihm geblieben. Und mit diesem Gedanken und der ihr folgenden Vorstellung vom nahenden Abschied wurde sie wieder traurig.

„Regel Nummer zwei: Jedes unangenehme Gefühl, auch das des Abschieds, das du gerade fühlst, ist pure Energie, die dir zugeführt wird, wenn du die Form, in der es erscheint, als Täuschung durchschaust."

„Wie denn das?"

„Mehr als vier Jahrzehnte glaubte ich so wie die meisten Menschen daran, dass unangenehme Gefühle schlicht Teil des menschlichen Lebens sind. In den ersten Jahrzehnten verdrängte ich sie so gut wie möglich, später dann erlaubte ich ihnen zumindest vorhanden zu sein. Schließlich kamen und gingen sie so wie alles in diesem Leben kommt und geht. Irgendwann machte es mir nichts mehr aus, wenn mich Gefühle wie Melancholie oder Verdruss überkamen. Bis ich mehr oder weniger durch Zufall entdeckte, dass sich mit unangenehmen Gefühlen eine ungeheure Energie verbindet. Genau die Energie nämlich, die notwendig ist, um das unangenehme Gefühl zu erzeugen. Und du weißt ja aus eigener Erfahrung wie kraftvoll unangenehme Gefühle sein können, nicht wahr?"

Sie nickte. „Allerdings!"

„Von diesem Tag an bis heute habe ich jedes dieser Gefühle, sobald sie auftauchten, sofort in pure Energie umgewandelt."

„Brauchst du denn soviel Energie?"

„Nun, so oft kommt es nicht vor, dass sich in mir unangenehme Gefühle bilden."

„Und wie wird das gemacht?"

„Es ist keine Technik, Christine, der Energierückfluss entsteht allein durch Bewusstsein.

„Verstehe ich nicht. Was meinst du damit?"

„Wenn dir bewusst ist, dass in einem versunkenen Schiff ein Schatz liegt und du bist arm wie eine Kirchenmaus, was meinst du, wirst du nach ihm tauchen?"

„Na klar."

„Kannst du denn tauchen?"

„Nein, kann ich nicht!"

„Würdest du es denn lernen, um an den Schatz zu gelangen?"

„Ja, freilich."

„Da siehst du es. Methoden sind völlig nachrangig. Man lernt sie, wenn man weiß worum es geht und wenn einem wichtig ist, worum es geht. Wenn ich aber jemanden das Tauchen beibringe, dem der Schatz nicht bewusst ist, wird er zwar tauchen, aber keinen Schatz finden können". Er goss sich ein neues Glas Wein ein und versank nach dem ersten Schluck in Schweigen.

„Du sprachst von einer weiteren Regel", sagte sie nach einer Weile.

„Wertschätzung", sagte er, „die wichtigste Regel in diesem Lebensspiel überhaupt ist. Es gibt Menschen, die wissen nicht, dass das Leben ein virtuelles Spiel ist. Sie wissen nicht, dass ihre Person nur eine Spielfigur ist, die von Bewusstsein gespielt wird. Sie würden mich wahrscheinlich Spinner nennen, wenn ich ihnen sagen würde, unangenehme Gefühle seien nur dazu da, um an die Energie heranzukommen, die sich in ihren verbirgt. Aber eins tun sie, oftmals ohne dass es ihnen jemand beigebracht hat: Sie schätzen das Leben so wie es ist. Sie sind dankbar für das, was sie haben und sehen nicht auf das, woran sie nicht teilhaben können, was ihnen das Leben verwehrt. Das, mein Christinchen, sind die glücklichsten Menschen auf Erden."

Als sie den alten Mann auf dem Berg verließ, war ihr klar, dass sie nie mehr einen spirituellen Meister aufsuchen würde. Ihr war, als wäre eine zentnerschwere Last von ihren Schultern gefallen. Sie empfand keinen Hass mehr für ihren Vater, der sie jahrelang missbraucht hatte, auch nicht auf ihre Mutter, die es gewusst- und sich nie dagegen aufgelehnt hatte. Es war ihr unmöglich, sich selbst anzuklagen, weil sie auf Dr. Joseph Murphy gehört- und in ihrem Übereifer auf magische Weise schnell reich zu werden, einen Schuldenberg angehäuft hatte. Sie konnte nicht mehr neidisch sein auf all jene, die in seriösen, wohlhabenden Elternhäusern aufwachsen und bessere Chancen auf eine gute Ausbildung und ein unbeschwertes Leben haben als sie es je hatte. Und sie war nicht mehr fähig, sich über die Zukunft mehr Gedanken zu machen als unbedingt nötig. Es gab keinen Täter, nur Taten. Demnach war ihr Leben und auch das jedes anderen Menschen in jedem Detail determiniert. Was immer geschehen war, musste geschehen, was immer geschehen würde, würde geschehen müssen.

Sie würde jetzt ihr Leben leben. *Ihr* Leben, nicht das eines anderen. Wozu noch eine Lehre befolgen? Wozu etwas erreichen wollen, was nicht in ihr angelegt war.

Wenn du eine Rose bist, wirst du zu einer Rose. Wenn in dir ein Gänseblümchen angelegt ist, kannst du dich noch so sehr anstrengen eine Rosenblüte zu treiben, du wirst dennoch winzig klein bleiben, in der Mitte gelb und an den Rändern weiß sein. An diese Metapher aus dem Mund jenes Mannes, der nicht im geringsten dem Bild eines Weisen entsprach, dafür einer war, erinnerte sie sich während ihrer Heimfahrt.

Mein Gott, dachte sie und ihr war klar, dass unvermeidlich war, dass sie es dachte, der alte Mann dort auf dem Berg mit all seinen Marotten und Macken steckt sie allesamt in die Tasche, die Gurus, die Meister, jedenfalls die, die ich kennenlernte, wären sie auf einer Kegelbahn aufgestellt und er würde die Kugel werfen, würden alle neune auf einmal fallen.

Und ich, Gott, ich hatte durch Christine eine neue Erkenntnis gewonnen: *Niemand tut etwas, alles geschieht.* Das war der Grund, weshalb ich mich nicht daran zu erinnern vermochte, die Welt geschaffen zu haben. Deshalb war es mir bis heute unmöglich gewesen, die Ursache meiner Verkörperung zu finden. Gott geschah ebenso wie alles andere geschah. Es gab keinen Planer, keinen

Erfinder, erst recht keinen Schöpfer. Gott war nur ein Begriff für jenes Unnennbare, Unbegreifliche, Unbedingte, aus dem alles strömt und in den Urgrund zurück fließt, wenn es Zeit dazu ist.

Deshalb vermochte ich mich auch nicht daran zu erinnern, wann alles begann. Denn Zeit gibt es nicht. Wie Einstein gesagt hatte: *Zeit ist das, was man an der Uhr abliest.* Formen kamen und gingen. Ihr Dasein war auf einen bestimmten Zeitabschnitt begrenzt. Aber wie sollte ein Anfang dessen gefunden werden, in dem Formen entstehen und vergehen? Selbst der Begriff „Jetzt" wird mir nicht gerecht, denn er wird mit Zeit assoziiert. Ich bin weder stets gegenwärtig noch nicht gegenwärtig. Meine Unerklärbarkeit ist der Beweis, dass ich nicht in der Zeit bin. Ich bin, in dem alles entsteht und vergeht. Und selbst das ist falsch formuliert, weil ich weder bin noch nicht bin.

Christine hatte nach Glückseligkeit gesucht. Zunächst in finanzieller Unabhängigkeit und dann, als das nicht klappte, in innerem Frieden. Je mehr sie jedoch danach strebte, desto weniger friedlich nahm sie sich wahr. Der Friede rannte ihr, je mehr sie ihm nachjagte, desto schneller davon. Ihr Ziel war es jahrelang zu erwachen, wie jene Lehrer, die sich als Erwachte präsentierten. Aber sie war nicht erwacht, sie hatte nur vom Erwachen geträumt. Als sie aus Sardinien zurück kam, so hatte sie es mir berichtet, war auch dieser Traum ausgeträumt.

„Ich war mitnichten erwacht, im Gegenteil, Koma wäre der bessere Begriff, um zu beschreiben, wie ich mich anschließend fühlte." Und als ich sie nach dem Grund fragte, sagte sie: „Weil ich seit der Zeit weiß, dass ich nicht existiere und dennoch existiere! Wie Leute im Koma eben." Sie lachte ihr glockenhelles Lachen, schüttelte den Kopf und fuhr fort: „Es hört sich absurd an, ich weiß, denn wie sollte ich erkennen, dass ich nicht existiere, wenn gar kein Ich existiert? Aber ich kann es nicht besser ausdrücken. Die Sprache macht mir da einen Strich durch die Rechnung."

Es war gar nicht nötig, die richtigen Worte zu finden, denn ihr Leben sprach Bände und zwar weitaus umfassender und klarer als es zu Wörtern und Sätzen zusammengefügte Buchstaben konnten. Sie war wie verwandelt, so beschrieb es mir ihre Freundin Tatjana, als wir uns einmal ohne Christine in einem gemütlichen Café trafen. Nicht was ihr Temperament anging, sie war wie zuvor springlebendig, ungeduldig und ärgerte sich ziemlich schnell, wenn etwas schief lief, aber ihr Ärger richtete sich nicht mehr gegen den Verursacher. Sie sagte zwar immer noch: „Dieser Idiot fährt, als hätte er seinen Führerschein im Lotto gewonnen", aber Tatjana spürte, dass sie ihm seinen Fahrstil nicht vorwarf, so als wäre er fähig anders zu fahren, wenn er nur wolle. Wenn ihre Freundin zu spät zu einem Treffen kam, war Christine nach wie vor sauer, aber sie ritt nicht wie früher darauf herum. Sie warf ihr niemals mehr etwas vor, sie drückte lediglich ihre Betroffenheit aus, wenn es Grund dazu gab.

Oh ja, auch ich erlebte, dass sie wie ein Rohrspatz über opportunistische Politiker schimpfen konnte, ebenso über geldgeile Banker und korrupte Manager, die ohne mit der Wimper zu zucken Arbeitsplätze wegrationalisierten und sich mit hohen Abfindungen aus dem Staub machten, wenn ihre Erfolgsstrategien, wenn sie denn überhaupt je eine hatten, versagten. Und doch war immer deutlich zu spüren, dass sie keine vorwurfsvolle Haltung einnahm. „Das geht gar nicht mehr", sagte sie einmal, als ich sie darauf ansprach, „denn da ist niemand, der all das tut. Oder anders gesagt: Die tun alle nur, was sie tun müssen. Aber ich ebenso und mir stinkt das alles gewaltig, obwohl es niemand gibt, dem es stinkt." Und immer dann, wenn solche absurden Sätze über ihre reizenden Lippen kamen, lachten wir wie die Kinder und wurden von unseren Zeitgenossen misstrauisch beäugt.

Ich weiß nicht ob es eine schönere, vor allem so unbeschwerte Zeit gab während meiner Verkörperung in den knapp vierzig Jahren, als mit Christine. Ich hatte nicht nur guten Sex mit ihr, ich war verliebt in sie und begann, sie von ganzem Herzen zu lieben.

Weitere Absurditäten

Vier Wochen später war Christine tot. Sie war mit einem Geisterfahrer zusammengestoßen und noch am Unfallort gestorben. Zuvor hatte sie ihren Vater und ihre Mutter besucht und Frieden mit ihnen geschlossen. Auf dem Heimweg war es geschehen.

Die Todesnachricht, die mich am nächsten Tag erst kurz vor dem Zubettgehen erreichte, traf mich wie ein Pfeil ins Herz und ich weinte die Nacht über wie ein verwundetes Tier. Annette, die nichts von meiner Affäre mit Christine wusste, hatte mich noch nie in so einem desolaten Zustand erlebt und verstand daher nicht, was die Erschütterung ausgelöst hatte. Ich bat sie, mich allein zu lassen und fand es wie schon zuvor unnötig, mit ihr über Christine zu sprechen und wie nahe mir ihr Verlust ging.

Am Morgen des anbrechenden Tages, es war erst fünf Uhr, spazierte ich durch den nahe an unser Haus angrenzenden Wald und sprach mit Christine, als wäre sie noch unter den Lebenden und hörte sie folgendes sagen. *Ich hatte ein gutes Leben. Selbst um ein einziges Mal vor dem Spiegel zu stehen und mir die Haare zu kämmen, hätte es sich zu leben gelohnt. Denn hier, im Nichtsein, gibt es weder Spiegel noch Haare, durch die sich gekämmt werden könnte. Nichts ist hier, weder materielle noch feinstoffliche Körper, nicht einmal Gedanken, Gefühl oder Sprache. Aber niemand wüsste das besser als du, der du, anders als ich, nicht viele Jahre herumirren musstest, um klar zu erkennen, dass nichts existiert. Es ist so, als würde ich schlafen, hier ist nur Frieden und nichts vermag ihn zu erschüttern. Er ist so tief, dass ich ihn nicht einmal wahrnehmen kann, dass ich schlafe. Aber das weißt du ja ohnehin auch, wie du weißt, dass ich nicht aus dem Jenseits zu dir rede, weil es kein Jenseits und daher auch kein Reden mehr gibt.*

Zu ihrer Beerdigung ging ich nicht. Christine war nicht mehr, ihre Form hatte sich aufgelöst, als hätte es sie nie gegeben, aber sie war in meinem Herzen. Das Gesabber der Pfaffen konnte ich noch nie hören, insbesondere nicht anlässlich von Hochzeiten, Taufen und Beerdigungen. Diese Typen waren erkenntnisloser als Brieftauben, die mit ihrer Botschaft um den Fuß die Orientierung verlieren. Der unbändige Schmerz hielt sich nur bis zum Morgen, dann war er ebenso plötzlich verschwunden wie er aufgetaucht war. Langanhaltendes Leiden kenne ich nicht, weil ich Verlust zwar als schmerzlich empfinde, jedoch nicht zu beklagen vermag. Aber melancholisch war ich. Mehr als sonst meine ich.

Haben Sie jemals eine Katze, einen Hund, eine Kuh, ein Schaf lachen gesehen? Ich nicht. Vielleicht haben Sie ja andere Erfahrungen gemacht. Tiere sind diesbezüglich viel intelligenter als Menschen. Weil sie sich nicht verstellen können. Sie sind was sie sind, anstatt vorzugeben, etwas zu sein, was sie nicht sind und nicht wirklich fühlen.

Menschen können freilich lachen *und* weinen. Aber wenn sie weder lachen noch weinen, befinden sie sich, wenn sie ihre Natürlichkeit nicht der Norm des immer-gut-drauf-seins geopfert haben, in einem Zustand angenehmer Melancholie, wie jedes Tier eben.

Schauen Sie sich einmal um! Was sehen Sie, wenn Sie Menschen betrachten? Ich sehe zuallermeist Masken. Leute, die so tun, als würden sie lächeln, obwohl ihnen zum Weinen zumute ist. Menschen, die sagen: Es geht mir gut, obwohl sie damit fast jedes Mal lügen. Menschen, die von sich reden machen, obwohl sie im tiefsten Inneren einsam sind. Menschen, die auf deprimiert machen, obwohl sie nur auf Streicheleinheiten aus sind!

Nur wenige Menschen sind fähig, sich ihr ganzes Elend einzugestehen. Die vielen Glücksbücher, die den Büchermarkt überschwemmen und an die Spitze der Hitlisten stürmen, beweisen, wie man das Elend allenthalben zu kaschieren und zu überwinden versucht. Das ist verständlich, führt aber nur temporär zu Glücksgefühlen. Sie könnten ohne eine Glücksstrategie ebenso glücklich sein, in einem Moment, wenn Sie schlicht, ohne es mit allen Mitteln empfinden zu wollen, feststellen würden, dass Sie keineswegs unglücklich sind.

Die Welt ist absurd. Sie haben nicht was sie wollen und streben es an und wenn Sie es besitzen, ist es so, als hätten Sie es nie angestrebt, sondern schon immer gehabt. Es ist so, als hätten Sie nichts hinzugewonnen. Wäre dieses Empfinden jedoch nicht vorhanden, würden Sie nichts mehr anstreben. Wenn nichts mehr angestrebt würde, hätten wir das Paradies, sagen uns jene Weisen, die törichter sind als die Toren! Denn dann käme die Schlange, die Eva von Neuem dazu verführt, vom Baum der Er-

kenntnis des Guten und Bösen zu essen, denn ohne Dua-
lität, ohne Kontraste, ohne Gegensätze, ohne Aktivität
und Passivität, ohne Freude und Schmerz ist Leben nicht
nur undenkbar, sondern unlebbar.

Haben Sie den Film „Der Graf von Monte Christo" mit
Gerard Depardieu als Hauptdarsteller gesehen? Ein zutiefst gedemütigter Mann, der Rache nimmt an all jenen,
die ihn unschuldig ins Gefängnis schickten. Waren die
Racheakte an seinen Peinigern nicht ebenso niederträch-
tig wie die Taten, die ihm zugefügt wurden? Hat er nicht
schlicht Gleiches mit Gleichem vergolten? War er demnach nicht aus demselben Holz geschnitzt wie jene, die er
bestrafte? Aber stellen Sie sich nur einmal vor, der Mann
hätte gewusst, was der Mann auf dem Berg weiß: Kein
Täter, nur Taten! Niemals wäre eine so spannende Geschichte entstanden. Und was haben wir denn außer Geschichten? Was wäre eine Welt ohne die Geschichten, die
sie sich erzählt, egal ob kurz oder lang, traurig oder erhei-
ternd, ermüdend oder inspirierend? Selbst eine Rose hat
eine Geschichte, wenngleich sie auch nur im Erblühen
und Verblühen besteht.

Warum ist die Banane krumm?

Tatjana war untröstlich. Christine war ihre beste und einzige Freundin gewesen. Sie kannten sich schon als Sandkastenkinder. Sie waren gemeinsam zur Schule gegangen. Sie hatten kein Geheimnis voreinander gehabt. Sie hatten voneinander gewusst, was sonst keiner wusste.

In wenigen Wochen hatte Tatjana über zehn Kilo abgenommen. Sie verweigerte sich nahezu jeder Aktivität, die über ihre Arbeit als Krankenschwester hinausging. Ihr Freund war ratlos, fand keinen Zugang mehr zu ihr, obwohl sie schon fünf Jahre zusammenlebten. Ihr Herz hatte sich wie eine Muschel verschlossen und wäre nur mit einem spitzen Messer, das sie womöglich im Innersten verletzt hätte, zu öffnen gewesen. Und sie klagte an. Den Geisterfahrer, die Stadt wegen der schlechten Beschilderung, die die Verwechslung der Straße erst ermöglich hatte, Gott, der ein Wüstling sein musste, einen so wertvollen Menschen so jung sterben-, und einen so wertlosen wie George W. Bush am Leben und sogar Präsident der Vereinigten Staaten von Amerika werden zu lassen.

Ich traf sie einige Male in jenem Café, in dem wir uns öfter zu dritt getroffen hatten, als Christine noch unter den Lebenden war. Ich ließ sie reden, zetern, zürnen, anklagen, weinen, hörte meistens nur zu.

Christine hätte keine Warum-Frage gestellt, wäre Tatjana tödlich verunglückt, obgleich sie sicher eben so entsetzt und verletzt gewesen wäre wie sie. Sie hätte geweint und getrauert. Angeklagt jedoch hätte sie niemanden. Nicht den Geisterfahrer, nicht die Stadt, auch nicht Gott. „Kein Täter, nur Taten", hätte sie jedem gesagt, der ihr vorgeworfen hätte, dass sie allzu schnell über das Ableben Tatjanas hinweg gekommen sei, um sie wirklich geliebt haben zu können.

Der spontane Schmerz über einen Verlust, selbst wenn er uns im tiefsten Inneren trifft, wird nur dann zu langanhaltendem Leid, wenn wir jemanden – und sei es uns selbst – dafür verantwortlich machen. Ich hörte einmal von einer Frau, dessen Mann im Alter von erst achtundvierzig Jahren an einem Herzinfarkt starb, sie habe vor allem Wut empfunden, dass er sich mir nichts dir nichts aus dem Staub gemacht habe. Sie war freilich traurig über seinen Tod, die Wut auf ihn sei jedoch noch größer als die Trauer gewesen.

Ist es nicht absurd einem Toten die Schuld dafür zu geben, dass er starb? Und doch, letztlich gar nicht anders möglich, solange wir noch daran glauben können, „jemand" sei verantwortlich für das, was geschieht.

In unserem emotionalen Gehirn, so lauten die Ergebnisse der modernen Hirnforschung, werden alle Entscheidungen, von denen wir glauben, wir würden sie treffen, bis zu zehn Sekunden vor dem Zeitpunkt getroffen, zu welchem wir sie in eigener Regie zu treffen meinen. Wenn das Denkmuster persönlicher Täterschaft nicht deaktiviert ist, müssen wir daher irgendjemanden verantwortlich machen, uns bleibt gar keine andere Wahl.

Tatjana wusste das alles, denn Christine hatte mehr als einmal über die Ich-Illusion mit ihr gesprochen. Sie hatte ihre Verwandlung miterlebt und ihr neues Verhalten geschätzt, in Tatjanas emotionalem Gehirn waren jedoch noch die alten Denkmuster aktiv. Zwar hatte sie sich den Erkenntnissen von Christine nicht verweigert, aber dabei war es geblieben. Dominiert wurde es immer noch von der Vorstellung eines Täters, der für seine Taten verant-wortlich ist.

Ich wollte so gern, vermochte ihr jedoch nicht zu helfen. Was immer ich ihr gesagt hätte, wäre nicht zu ihr durch-gedrungen. Das konnte ich spüren. Und deshalb hörte ich ihr nur zu, weinte mit ihr, wenn ihr die Tränen über die Wangen liefen, umarmte sie, drückte sie lange an mich, wenn wir uns verabschiedeten.

Und wissen Sie, in dieser Situation, in der ich, obgleich Gott, ebenso hilflos wie jeder Mensch war, in dieser Situ-ation also dämmerte mir, in welchem Dilemma ich – Gott – mich befand.

Schicksalhafte Begegnung

Ich war nach Dresden gekommen, um einen meiner kaufkräftigsten Kunden zu treffen und mit ihm zu speisen. Denn einmal im Jahr mache ich eine Rundreise durch Deutschland, Österreich und die Schweiz, um mich bei meinen Kunden mit einem kulinarischen Abendessen in einem Sterne-Restaurant dafür zu bedanken, dass ich dank ihrer Kaufkraft und Treue ein durchaus angenehmes Leben zu führen vermag. Der Grund dafür ist nicht nur Kundenbindung, zu vielen hat sich während all der Jahre enger Zusammenarbeit eine freundschaftliche Beziehung gebildet. Während des ganzen Jahres rufe ich diese Kunden normalerweise nicht einmal an. Sie schicken mir ihre Bestellung per E-Mail-Anhang und ich telefoniere nur dann mit ihnen, wenn sie einen Artikel vergessen haben.

Der Abend war harmonisch verlaufen, erst spät zu Bett gegangen hatte ich morgens lange geschlafen und so schlenderte ich nach dem Auschecken im Hotel noch ein wenig durch die schöne Stadt, nicht zuletzt, weil die Sonne schien und ich noch ein wenig Zeit hatte, bevor mein Zug abfuhr. Am Dresdner Postplatz fand gerade eine politische Kundgebung der umstrittenen Partei „Die Linke" statt. Es war Anfang Oktober 2009 und die Parteien befanden sich in der heißen Endphase des Wahlkampfs.

Ich interessiere mich nicht mehr für Politik und schon gar nicht für irgendein Parteiprogramm und so suchte ich mich an den Zuhörern vorbeizuschlängeln, was mir allerdings nur schwerlich gelingen wollte, so dichtgedrängt stand die Zuhörerschaft um die Bühne. Ich wollte schon den Rückweg antreten, als ein Satz des Redners an mein Ohr drang, der mich abrupt zum Stehenbleiben zwang. Nicht wegen des Inhalts, sondern wegen des Tonfalls. Diese Stimme kannte ich, ich hatte sie schon einmal gehört, dessen war ich mir sicher. Nur der Kontext war ein vollkommen anderer gewesen, kein politischer war es in jedem Fall. Als ich jedoch sein Gesicht auf der Videoleinwand erblickte, wusste ich, dass auf der Plattform tatsächlich niemand anderes stand als jenes Spielzeugpredigermännchen, das vor fast genau dreißig Jahren auf einer Obstkiste nahe dem Stachus gestanden war. Freilich merklich gealtert, jedoch unverkennbar die gleiche Person.

Wie gerne hätte ich ihn persönlich gesprochen, hätte ihn daran erinnert, wie er den Leuten die Hölle heiß gemacht hatte, um sie vor ihr zu bewahren, hätte ihn gefragt, wie und wann es zum Wandel seiner Weltanschauung gekommen war. Aber es ging nicht. Ein Blick auf die Uhr bewies mir, dass ich nur noch zwanzig Minuten Zeit hatte, um meinen Zug nicht zu verpassen.

Ich erreichte ihn per Taxi erst kurz vor der Abfahrt. Als ich mein Abteil erster Klasse erreichte, meinen Koffer verstaut und gerade Platz genommen hatte, wurde die Schiebetür geöffnet und eine Dame trat ein. Um die dreißig mochte sie sein, eher drüber als drunter. Sie war von hohem Wuchs, schlank, blond, die Haare endeten oberhalb der Ohrläppchen, sie trug keinen Schmuck. Sie war schön, ihr Typ war jedoch nicht für die Titelseite einer Frauenzeitschrift geeignet. Sie begrüßte mich ebenso freundlich wie kühl und setzte sich nach einem kurzen Blick auf die Sitznummern mir gegenüber. Sie würdigte mich keines Blickes, zog ein Magazin aus ihrer Tasche und begann sogleich darin zu lesen.

Die Distanziertheit der jungen Dame wirkte aufreizend auf mich. Sie zu durchbrechen, wäre sicher ein netter Zeitvertreib, dachte ich, denn ich hatte immerhin etwa sechs Stunden Zugfahrt vor mir. Außer uns beiden befand sich niemand im Abteil. Als ich gerade dabei war, eine geeignete Strategie zu durchdenken, wurde die Tür aufgeschoben und zu meiner größten Verwunderung trat jener Politiker ein, den ich einst als feurigen Prediger erlebt hatte. Schicksalhaft sagen wir, wenn sich solch beinahe unglaublichen Situationen ergeben, doch ein Seher, der auf Astro-TV nicht lediglich vage Vermutungen ausspricht, um leichtgläubigen Menschen das Geld aus der Tasche zu ziehen, hätte uns, schon bevor wir beide aus dem Mutterleib krochen, dieses Ereignis voraussagen können.

Ich vergaß sogleich meinen Vorsatz, die distanzierte junge Dame in ein Gespräch zu verwickeln, dafür teilte ich dem Herrn, kurz nachdem er neben der Dame und damit mir schräg gegenüber Platz genommen hatte, mit, woher ich ihn kannte und wie ich ihn in Erinnerung hatte.

Der Mann, dessen Erscheinungsbild sich bis auf seine kartoffelartige Nase stark verändert hatte, gab sich darüber wenig erstaunt, ein abgeklärter Politprofi war er geworden. Lange her sei das, bemerkte er lachend und nicht mehr relevant, eine Art Jugendsünde, an Gott glaube er längst nicht mehr und in Zungen rede er nur noch, wenn er einen Unfall sehe und dabei erschrecke. Dann lachte er verächtlich, entnahm seinem Aktenkoffer ein Manuskript und ich spürte, dass seine Gedanken wohl schon bei seinem nächsten öffentlichen Auftritt verweilten.

Ich hatte wenig Interesse von ihm zu erfahren, wie er bei den Linken gelandet und zu einer ihrer Spitzenkandidaten geworden war und in Gegenwart seiner Person wollte ich auch nicht mehr mit der Dame anbändeln, die noch immer über ihre Zeitschrift gebeugt saß. Daher verließ ich das Abteil kurze Zeit später, um im Speisewagen einen Cappuccino zu trinken und einen Blick in die Tageszeitung zu werfen.

Etwa eine halbe Stunde später kehrte ich ins Abteil zurück. Er hatte sein Manuskript offenbar fertig gelesen und kaum dass ich mich gesetzt hatte, fragte er mich, wie ich es denn mit dem Glauben an Gott halte. Fragen Sie mich nicht, weshalb ich nicht, wie sonst auch, eine mehr oder weniger unverbindliche Antwort gab, um einem Gespräch über religiöse Themen auszuweichen. Nein, im

Gegenteil, ich bekannte ihm frank und frei und schon im ersten Satz, dass ich nicht an Gott glaube, dafür aber Gott sei. Er ordnete mich sogleich in die Kategorie der Esoteriker ein, worauf ich ihm ebenso frank und frei sagte, ich sei nie geboren worden, worauf er mein Weltbild dem indischen Mystizismus zuordnete. Und als ich ihm schließlich sogar bekannte, was ich außer gegenüber Christine noch nie zuvor getan hatte, nicht einmal gegenüber Annette, dass ich just in dem Jahr, in dem ich ihn hatte am Stachus predigen hören, von einem Augenblick auf den andern, verkörpert worden war, und zwar ohne Entwicklung zum erwachsenen Mann, sagte er mit beruhigender Stimme nach einer kurzen Pause, die sein Gehirn offenbar brauchte, um eine weitere Schublade zu finden, in die er mich einordnen konnte, er sei einige Jahre „auf der Couch" gewesen, um, so wörtlich, „den ganzen religiösen Mist aus der Birne zu kriegen." Und dann fragte er mich, ob ich den Namen des Psychiaters, der ihn erfolgreich behandelt habe, gern erfahren würde. Als ich den Kopf schüttelte, schlug er mir jovial auf das Knie und meinte, ich mache insgesamt einen ganz passablen Eindruck auf ihn und irgendeine Marotte habe schließlich jeder von uns. Damit schien das Gespräch beendet und er sah aus dem Fenster. Ich versank in Schweigen. Schon wenig später nahm er das Gespräch wieder auf. Ohne Rücksicht auf die Anwesenheit jener jungen Dame, die noch immer über ihre Zeitschrift gebeugt saß und so versessen in ihr las, als hinge ihr Leben davon ab, fragte er mich: „Zu welchem Zeitpunkt haben Sie sich denn zu Ihrer Verkörperung entschlossen?" Und da die Frage nicht im Ton hintergründiger Ironie gestellt war, sondern ein gewisses Maß an Interesse bewies, erzählte ich ihm freimütig, dass ich mich nicht dazu entschieden hatte und noch immer verwundert sei, wie es geschehen konnte. „Das ist mein Dilemma", fuhr ich fort, „es ist, um es Ihnen verständlich zu machen, ähnlich wie mit Fernweh und Heimweh. Sind wir über einen längeren Zeitraum zu Hause, zieht es uns in die Ferne. Sind wir dann dort, zieht es uns dorthin, wo unsere Reise begann. Erklärbar ist das auch nicht, aber fast jeder erlebt es."

„Habe ich Sie richtig verstanden – Sie glauben, dass der Grund für die menschliche Existenz Gottes Fernweh ist und der Grund für seinen Tod Heimweh?"

Ich nickte, worauf er wieder jenes verständnisvolle Lächeln aufsetzte, mit dem er mich bedacht hatte, als er mir seinen Psychiater empfahl.

„Könnte Gott nicht einfach unsichtbar bleiben", sagte er schließlich, ohne meine Behauptung, Gott zu sein, noch einmal in Frage zu stellen, „ich meine, um sich selbst das Dilemma zu ersparen, in das er gerät, wenn er sich verkörpert, wie Sie es nennen? Und natürlich auch angesichts all der Ungerechtigkeiten auf diesem Globus."

„Darüber habe ich lange nachgedacht und bin zu keinem Ergebnis gekommen. Ich habe aber eine Theorie. Sind Sie an ihr interessiert?"

Er nickte. „Natürlich, legen Sie los!"

„Ich denke, es geht mir ähnlich wie einem süchtigen Raucher, der sich aufgrund eines hartnäckigen Raucherhustens das Paffen abgewöhnen möchte. Ist der Husten dann weg, erscheint es ihm sinnlos, auf den Genuss der Zigarette weiterhin zu verzichten. Er vermutet, dass sie seiner Gesundheit abträglich ist, aber der Genuss, den er damit verbindet, lässt ihn die möglichen Konsequenzen vergessen."

Ich bemerkte seine Abneigung ob diesen Vergleichs und sagte: „Das Beispiel mag Ihnen unangemessen erscheinen und es ist unangemessen, um..."

Die junge Dame erhob sich, nahm ihre Tasche, sagte „Verzeihen Sie bitte!" und verließ das Abteil. Ihre angespannten Gesichtszüge ließen nur den Schluss zu, dass sie von unserem Gespräch mehr als genervt war.

Mein Gegenüber lachte lauthals, als sie draußen war.

„Fahren Sie fort", sagte er, „ein Mann, der behauptet Gott zu sein und gleichzeitig nicht weiß, wieso er Gott ist, das kann man ja wirklich niemandem zumuten, der sich einen klaren Kopf bewahrt hat!"

„Im Gegenteil", widersprach ich, „hätte sie einen klaren Kopf, wäre ihr bewusst, dass sie nichts anderes sein kann als Gott. Und Sie wüssten es auch. Jeder würde es wissen!"

„Und weshalb wissen wir es dann nicht?"

„Genau das ist das Dilemma Gottes."

„Das Dilemma Gottes", wiederholte er nahezu unhörbar und gedehnt, „ich habe ehrlich gesagt noch niemals eine Predigt darüber gehört, dass Gott sich in einem Dilemma befindet."

„Es kann aber nicht anders sein", antwortete ich, „lassen Sie mich anhand meiner Erfahrung als Mensch schildern, was ich damit meine. Als ich vor einiger Zeit eine junge Frau kennenlernte und spürte, dass sie mich ebenso liebte und begehrte wie ich sie, war ich unfähig, der Frau, mit der ich annähernd zwanzig Jahre zusammenlebe, treu zu bleiben. Die leidenschaftlichen Gefühle, die ich für sie empfand, überwältigten mich. Ich musste sie wiedersehen, ich musste meine Gefühle zum Ausdruck bringen. Ich musste, verstehen Sie, was ich meine? Ich hatte schlicht keine andere Wahl. Wenn Liebe stärker ist als Konvention, Treueschwur und die Angst vor möglichen Konsequenzen, durchbricht sie alle Schranken und Begrenzungen, alle Gebote und Verbote, alles, was ihr im Weg steht. Sie ist wie ein Hurrikan, der sich, erst einmal entfesselt, nicht darum kümmert, was er zerstört. Das führt aber unweigerlich ins Dilemma. Denn auf dem Weg in den Ausdruck hinterlässt leidenschaftliche Liebe verbrannte Erde und wenn sie nur darin besteht, einen Verehrer auszuschalten oder der Ehefrau eine Nacht lang untreu zu werden. Liebe ist überall, es ist schlicht nicht zu verleugnen, dass jedes Lebewesen, ob Pflanze, ob Tier oder Mensch, Liebe verströmt und nach Liebe verlangt. Selbst Pflanzen spüren, ob sie geliebt werden, denn sie wachsen besser und bleiben uns länger erhalten, wenn wir freundlich mit ihnen umgehen. Lieben und geliebt werden, darum dreht sich letzthin alles im Leben."

„Damit stimme ich überein, aber was genau wollen Sie mir denn damit sagen?"

119

„Könnte es nicht sein, dass unbedingte Liebe die Quelle allen Seins ist? Und dass daher alles was ist nur aus dem Grund existiert, weil Liebe nicht verborgen bleiben kann? Was meinen Sie – liege ich mit dieser Behauptung vollkommen falsch?"

Er nickte. „Ja, Herr Gott, ich glaube schon. Es gibt keine unbedingte Liebe auf diesem Globus. Das ist eine der wichtigsten Erkenntnisse, die ich in all den religiösen Kreisen gewann, die ich durchwanderte."

„Das sehe ich ebenso! Unbedingte Liebe ist reines Potential, das sich be-dingen muss, also Dinge benötigt und damit auch Kontraste, um zum Ausdruck zu kommen. Und deshalb ist es unmöglich unbedingte Liebe zu erfahren, weil Liebe, wenn sie und wo immer sie zum Ausdruck kommt, sozusagen im Doppelpack geliefert wird. Liebe und Hass, Freude und Schmerz, Leben und Tod. Und deswegen können die Dinge hier nicht anders sein, als sie es nun einmal sind."

„Eine interessante Theorie", sagte er, „allemal logischer jedenfalls als die Behauptung, Gott habe einen vorher genau durchdachten und kalkulierten Plan mit seiner Schöpfung. Aber wissen Sie, solange er sich mir nicht zeigt und das tat er nie, wie oft ich ihn auch anflehte, mir wie Moses und anderen Propheten zu erscheinen, tue ich nun das, was ich auf dieser Erde tun kann, um den Menschen ein wenig mehr Gerechtigkeit zu verschaffen."

Ich wollte ihm sagen, dass er diese Behauptung nicht mehr aufrecht erhalten könne, seit er mir begegnet war, ließ es dann aber, weil ich in diesem Augenblick zweierlei wusste: Erstens, das meine Verkörperung sehr bald schon enden würde, dass ich ebenso plötzlich verschwinden würde, wie ich vor etwas mehr als vierzig Jahren aufgetaucht war. Und wenn Sie diese Geschichte lesen, werde ich schon ins Nichtsein zurückgekehrt sein und dort nur noch das tun, was während meiner Verkörperung ohnehin meine Lieblingsbeschäftigung war: Schlafen, Ruhen, mit anderen Worten: nicht mehr bewusst-sein! Zum anderen wusste ich, dass er die Geschichte zu Ende erzählen würde. Denn noch fehlt etwas, dass ich zwar nicht hinzufügen kann, ohne dass diese Geschichte aber nicht vollständig wäre. Die Figuren wechseln, die Geschichte aber geht weiter. So wie sie eines Tages ohne Sie weitergeht. Denn auch Sie werden eines Tages ebenso plötzlich, wie Sie aufgetaucht sind, wieder verschwinden. Oder sollten Sie die erste Ausnahme bilden?

Sie werden noch einmal von mir hören, als Ich-Erzähler verabschiede ich mich aber schon einmal von Ihnen. Hoffentlich konnte ich Ihnen ein wenig Lesevergnügen bereiten, vor allem aber, die „Zeit vertreiben."

Im Anfang war die Taubenzucht

Vielleicht haben Sie sich an meinen Vorerzähler gewöhnt und lieben ihn mittlerweile so sehr, dass Sie sich nun, vor allem deshalb, weil sich die Geschichte dem Ende zuneigt, nicht mehr an mich gewöhnen wollen. Das wäre durchaus verständlich. Ich bitte Sie daher um einen kleinen Vertrauensvorschuss. Ich verspreche Ihnen alles dafür zu tun, um Sie nicht zu enttäuschen.

Vor knapp einem Jahr bin ich aus der Partei ausgetreten. Nicht etwa, weil ich nach einem wirklich harten und kräftezehrenden Wahlkampf nicht in den Bundestag gewählt wurde. Nein, ich hätte auch ohne abgeordnet zu sein für meine Ideale weiter gekämpft. Mein Leben lang kämpfte ich für irgendwelche Ideale. Weil ich ein Idealist bin. Die Überzeugungen wechselten, der Idealist in mir nie.

Und noch etwas anderes wandelte sich nicht, obgleich es Sie in Erstaunen versetzen- und womöglich zu der

Vermutung führen wird, ich würde Ihnen, nur um diese Geschichte beenden zu können, etwas vormachen. Nein, denn wie bereits erwähnt, bin ich ein Idealist und ein wahrer Idealist verrät seine Ideale nicht. Er mag sie wechseln, weil sie ihm nicht mehr ideal erscheinen, verraten kann er sie nicht. Das ist übrigens auch der Grund, weshalb ich Oskar Lafontaine nicht als Verräter betrachte, wenngleich ich seinen Rachefeldzug gegen die Partei, der er einmal vorstand, nicht nachzuvollziehen vermag.

Was also war es, das ich ebenso wie den Idealisten in mir niemals verleugnen konnte? Nichts und niemand anderes als Gott. Nun, ich weiß, im Gespräch mit Herrn Gott im Zug sagte ich, ich glaube nicht mehr an ihn. Und das war keine Lüge. Denn der Glaube an ihn ging mir tatsächlich und im wahrsten Sinne des Wortes verloren. Nicht von heute auf morgen, nein, mehr und mehr, so als wäre ein Loch im Eimer und kein Wasser mehr drin, wenn sie dort ankommen, wo sie es hinbringen wollten.

Es war mir schließlich unmöglich geworden, einen Gott zu verkünden, der uns wie eine heiße Kartoffel fallen lässt, um uns anschließend die damit einhergehende Abkühlung zum Vorwurf zu machen. Diesen erfundenen Gott vergleiche ich heute mit einem hinterlistigen Burschen, der Treppenstufen mit Schmierseife einschmiert, um seine gebrechliche Großmutter anschließend die Treppe herunter zu schubsen und ihr dabei zuzurufen: Weshalb rennst du eigentlich so? Dann, nach dem unweigerlichen Sturz, spielt er sich aber als Retter auf. Wer sich dem hinterhältigen Burschen jedoch verweigert, weil er ihm verständlicherweise nicht mehr zu trauen vermag, den bestraft er mit ewiger Höllenqual, selbst wenn er ein ordentliches Leben geführt hat, womöglich ordentlicher als einer, der sich retten ließ und allein dafür mit ewigem Leben belohnt wird, dass er sich retten ließ, selbst wenn er ein Schurke bleibt und seine Frau schlägt! Nein, irgendwann streikt bei der Faktenlage selbst ein so idealistisch gestrickter Verstand wie der meine.

Der Glaube ging mir verloren, Gott nicht, nur in Vergessenheit war er geraten. Das war auch der Grund, weshalb ich mich dem Gespräch mit diesem mir spleenig, ja schizophren erscheinenden Menschen auf meiner Fahrt von Dresden nach München, nicht verweigern konnte, ja, es sogar suchte.

Als ich den Zug verließ, verspürte ich eine seltsame Leere in der Brust und ums Herz. Seine Anwesenheit hatte etwas in mir angerührt, das ich kannte, das aber in weite Ferne gerückt schien. Wenig später nahm mich der Wahlkampf wieder in Beschlag und ich vergaß die Begegnung. Solange, bis ich kurz vor dem Wahltag auf einer Wahlveranstaltung mit einem Herzinfarkt zusammenbrach und mich im Krankenbett wiederfand.

Der Arzt sagte mir, ich hätte noch einmal Glück gehabt, ich solle und müsse mich schonen. Ich haderte mit meinem Schicksal, so kurz vor dem Wahlerfolg und nun lag ich darnieder. Die Medien berichteten natürlich über den Zusammenbruch eines Spitzenkandidaten der Linken und kurze Zeit darauf erschien Herr Gott in meinem Krankenzimmer und setzte sich zu mir ans Bett. Er begann mir sogleich zu erzählen, dass er seine Geschichte niedergeschrieben habe und ebenso davon, dass ich in ihr eine wichtige Rolle spiele, keine der Figuren, über die er berichte, sei so ausführlich und exakt beschrieben wie ich. Er sagte mir auch unverblümt, dass ich bei der ersten Erwähnung meiner Person mein Fett abkriegen würde. Und als ich dann las, was er über mich als Spielzeugpredigermännchen geschrieben hatte, war mir klar, was er meinte. Allerdings war ich nicht beleidigt darüber, sondern fand die Beschreibung meiner Person in weiten Teilen gelungen und konnte mit dem Abstand, den ich in all den Jahren zu ihr gewonnen hatte, herzlich über sie lachen.

Zum Zeitpunkt seiner Offerte war ich allerdings alles andere als einverstanden, mich sozusagen als Gott-Ersatz missbrauchen zu lassen. Außerdem hielt ich es nicht für möglich, dass er tatsächlich wissen sollte, dass sein baldiges Verschwinden ins Nichtsein, wie er es nannte, beschlossene Sache sei.

Er hatte seine Frau gebeten, mich per SMS zu benachrichtigen, wenn er länger als drei Tage nicht zurückkommen werde. Sie solle ihn dann auch nicht suchen lassen. Sie fasste es als Scherz auf, benachrichtigte mich aber dennoch am vierten Tag seines spurlosen Verschwindens. Als ich die Nachricht erhielt, dachte ich: So ein Schlawiner! Wahrscheinlich hat er doch nicht die Finger von ihr lassen können und ist wegen ihr oder mit ihr untergetaucht.

Ach, da fällt mir erst ein, dass Sie ja noch gar nicht wissen, dass jene junge Dame, die mit uns im Abteil saß und es während unseres Gesprächs so plötzlich verlassen hatte, wieder zurückkehrte, kurz nachdem ich ausgestiegen war. Das erstaunt sie? Mich hatte es ebenso erstaunt, als er mir diese Episode am Krankenbett erzählte und später beim Lesen wunderte ich mich, dass sie in seinem Manuskript keinerlei Erwähnung gefunden hatte. Das ist übrigens einer der Gründe, weshalb ich glaube, dass er untergetaucht ist und bei ihr oder zumindest in ihrer Nähe lebt. Er hegte ohnehin den Wunsch, sich von seiner Frau Annette zu trennen. Nicht weil er sie nicht mehr liebte, sie war einmal seine große Liebe gewesen, hatte er mir erzählt und sie sei es im Grunde immer geblieben. Nur dass er eben wüsste, dass seine Zeit auf Erden abgelaufen sei, dass sein Verschwinden nahe. Als ich ihn fragte, woher er denn so genau wissen wolle, dass sein Ver- schwinden nahe, sagte er, er habe während seines Erden- lebens eine Art Vorausschau entwickelt, so dass er meis- tens ein bis zwei Monate vor einem Ereignis, insbesonde- re wenn es einschneidend sei, um sein Eintreffen wisse und darin täusche er sich nur in den wenigsten Fällen.

Andererseits bin ich auch meiner eigenen Einschätzung gegenüber skeptisch, denn so gut ich mir vorstellen kann, dass er noch irgendwo lebt, so unwahrscheinlich er- scheint es mir, dass jene junge Dame, die ihre Abneigung ihm gegenüber so überdeutlich machte, innerhalb von nur wenigen Stunden zu seiner Geliebten werden konnte.

Er bat mich, diese Episode nicht ins Manuskript einzubringen, daher zögere ich nun auch sie zu erzählen. Andererseits gab er mir volle Handlungsfreiheit. Ich solle schreiben, was immer ich schreiben wolle, ich könne nämlich gar nichts anderes schreiben, als das was sich schreiben solle. Und je länger ich darüber nachdenke, desto unvermeidbarer erscheint es mir, sie unterschlagen zu können. Und womöglich wusste er dies ohnehin. Sei's drum, obwohl ich nicht dafür garantieren kann, ob ich sie nicht nur sinngemäß nacherzähle: *Stellen Sie sich vor, sie kam ins Abteil zurück. Etwa zehn Minuten, nachdem sie den Zug verlassen hatten, kam sie ins Abteil zurück, und war wie umgedreht. Ich vermochte sie nicht wiederzuerkennen. Sie lächelte mir zu, bevor sie sich wieder mir gegenüber setzte und sagte: „Phantastisch, wie Sie diese linke Socke verarscht haben!" Ich war perplex. Wie konnte sie nur glauben, ich habe puren Unsinn geredet, und zwar nur deshalb, um einen der Spitzenkandidaten der Linken zu veräppeln! Es war mir auch nicht bewusst, dass ich in einem ironischen Unterton gesprochen hätte. „Wissen Sie, ich bin Dresdnerin," fuhr sie fort, allerdings nicht in dem mir so unliebsamen sächsischen Dialekt, „vor der Wende war ich zwar noch ein Kind, ich wuchs aber ohne Vater auf, den hatte die Stasi kassiert, er saß ein in Bautzen, über viele, viele Jahre. Und nun sind diese Schweine wieder auf dem Plan und gewinnen eine Landtagswahl nach der anderen, sind sogar in den Bundestag eingezogen. Und diese Knalltüte hat nicht mal gemerkt, dass sie ihn nur auf den Arm nehmen. Er glaubte doch tatsächlich, Sie würden sich für Gott halten. Das fand ich genial. Nur, irgendwann konnte ich seine Stimme nicht mehr hören. Ich konnte nicht, weil mich alles, was diese Leute sagen, anwidert, es erinnert mich, ob ich will oder nicht, an den Unrechtsstaat, der meinen Vater wegen seiner Überzeugung eingebuchtet und zerstört hat. Er ist voriges Jahr an den Folgen des langen Gefängnisaufenthaltes gestorben. "*

Da war er wieder, der Wahrnehmungsfilter. Die Linken waren ihr derart verhasst, dass sie alles, was ich gesagt hatte, als Finte interpretierte. Sie hatte im Grunde gar nicht gehört, was ich gesagt hatte. Ach wie oft hatte ich das schon erlebt! Menschen hören eigentlich nie was gesagt wird, sondern nur, was sie hören wollen. Um ehrlich zu sein, war mir das ebenso Jacke wie Hose. Aber ich witterte meine Chance, denn ich habe eine Schwäche für Frauen in ihrem Alter, noch dazu wenn sie so anmutig und kämpferisch sind. Also ließ ich mich auf ihre Interpretation meiner Aussagen ein und schimpfte mit ihr über die Linken, was mir allerdings nicht allzu schwer fiel. Dabei kam ich ihr näher. Und als wir beide am gleichen Bahnhof ausstiegen, obgleich ich nicht in dieser Stadt wohnte, waren wir uns bereits so nahe gekommen, dass ich die Nacht bei ihr verbrachte. Ich hatte gehört, dass ostdeutsche Frauen gute Liebhaberinnen sind, muss jedoch sagen, dass es ein Ausdruck minderer Wertschätzung wäre, sie nur als gut zu bezeichnen. Britta jedenfalls war nicht allein nimmersatt, sondern gleichzeitig so sanft und einfühlsam, dass selbst ein alter Herr wie ich es nun einmal bin, in dieser ersten Nacht nur einige wenige Stunden gegen Morgen zu schlafen vermochte.

So schlüssig es mir erscheint, dass er tatsächlich eine Liebesnacht mit ihr verbrachte, halte ich es für ebenso möglich, dass er diese Geschichte erfand, um sich einen Scherz mit Ihnen und ja auch mit mir zu erlauben oder im wahrsten Sinne des Wortes sein facettenreiches Spiel mit uns zu treiben, so dass sich der geneigte Leser nun aussuchen kann, was er glauben will und genau dieses Täuschungsmanöver könnte seine Absicht gewesen sein. Sind Sie ein spiritueller Mensch, wird Ihnen höchstwahrscheinlich die Variante seiner Auflösung, eines plötzlichen Verschwindens zusagen. Schließlich sollen ja auch die Körper von Henoch, Elia und nicht zuletzt auch der von Jesus nach der Auferstehung hinweg genommen worden sein. Wundergläubigen Menschen erscheint kein noch so großer Betrug als unmöglich und das selbst dann, wenn sie promovierten wie jener Prof. Dr. Wilbur M. Smith, der zeitlebens behauptete, Gott habe die Welt tatsächlich in sechs 24-Stundentagen geschaffen. Andere, eher nüchtern geprägte Gehirne mögen die zweite Variante bevorzugen, was Gott im Kontext mit Britta freilich in die Ecke eines lüsternen alten Mannes bringen würde.

Für mich zählt nur eins: Ich habe durch ihn zum unschuldigen, natürlichen Zustand meiner Kindheit zurückgefunden, und zwar während ich das Manuskript las, das er mir am Krankenbett übergeben hatte. Heute erscheint es mir geradezu verwegen, zu glauben, Gott unterscheide sich von uns Menschen. Unterscheidet sich denn das Wasser, das der Quelle entspringt, von dem Wasser im Flussbett? Es hat sich von der Quelle entfernt, ja, vielleicht sogar Tausende von Kilometern, es mag kontaminiert sein, schmutzig, verdreckt, daher nicht mehr frisch,

klar und rein, und dennoch die gleiche Flüssigkeit, die
der Quelle entsprang.

Als ich noch als jenes aufgezogene Predigermännchen
auftrat, war ich freilich eine andere Erscheinung als heute, vierzig Jahre später. Ich war spindeldürr, nun bin ich
ziemlich beleibt. Ich trug schulterlange, braune Haare,
jetzt bin ich ein Glatzkopf. Ich hatte damals noch keine
Falten und Tränensäcke unter den Augen. Ich war gläubig, jetzt bin ich's nicht mehr. Damals war ich verlobt,
später heiratete ich, wurde geschieden, lebe jetzt wieder
allein. Essentiell aber bin ich noch immer jenes unschul-
dige, unwissende, staunende, vorurteilslose, absichtslose
Kind, das ich war, als mich meine geliebte Mutter auf
dem Schoß hielt und an ihre Brust drückte. Tief im Inneren bleiben wir alle Kinder. Unweigerlich verlieren wir
unsere Unschuld, wenn wir zu unterscheiden lernen zwischen Gut und Böse. Jeder muss essen vom Baum der
Erkenntnis des Guten und Bösen. Ausnahmslos jeder
wird aus dem Paradies unschuldigen Staunens vertrieben,
nachdem er von den Früchten dieses Baumes aß. Jeder
wird ausgestoßen und in die Wüste geschickt. Und doch
lebt das Paradies weiter in uns. Und der Baum des Lebens mit seiner wohlschmeckenden Frucht, die uns unse-

re Unschuld zurückgibt, er verdorrt nicht, er steht immer in der Mitte des Gartens, er bildet das Zentrum in allen Lebewesen, gleichgültig wie abgetrennt, schmutzig, wie schuldig und elend der Mensch sich erscheinen mag.

Gott ist eine Frau, hatte ich bei ihm gelesen. Gott ist ein Kind, behaupte ich. Es weiß nichts, es staunt. Es leidet nicht, es liebt. Es denkt nicht, es fühlt. Es kann seine Existenz mitnichten erklären, aber es existiert ohne Wertung.

Alle wichtigen Leute in der Partei besuchten mich, als ich meinen Austritt bekannt gab, Oskar, Gregor, Lothar natürlich, aber auch Dietmar, Katja, Ulrike. Sie bestürmten mich, die Entscheidung zu revidieren, noch einmal in mich zu gehen. Genau das aber hatte ich bereits getan. Ich war in mich gegangen. Tiefer in mich gegangen als in den vierzig Jahren zuvor, in denen ich den Sinn meines Lebens in immer neuen Lehren, Visionen, Theorien, Ansichten, Auffassungen, Überzeugungen, Weltanschauungen, Weltverbesserungsideen gesucht hatte. Alles was ich dort fand, hatte mich am Ende enttäuscht. Und das war gut so, denn die Enttäuschungen bewahrten mich davor, jenen Mitreisenden, der sich für Gott hielt oder Gott war, gleich als völlig verrückt einzustufen und seine Worte zu ignorieren.

Die Welt ist verrückt, Gott aber liebt offenbar verrückte Geschichten. Und deshalb ist es sinnlos, sie ihm verbieten zu wollen. Und sollten Sie es dennoch versuchen, nimmt die Geschichte trotzdem genau den Verlauf, den sie nehmen soll. Sie können tun was Sie wollen, es wird immer das sein, was das göttliche Drehbuch vorsieht. Wie immer Sie es drehen und wenden, niemals werden Sie dadurch die Figur, die Sie im Welttheater spielen sollen, verleugnen, denn selbst deren Verleugnung stünde im Drehbuch.

Also tat ich genau das, was ich tun wollte, nachdem ich das kosmische Spiel durchschaut hatte. Ich verließ die Partei. Jedoch nicht um in eine neue einzutreten. Wenn überhaupt, hätte ich für die Anliegen der Linken gekämpft. Heute weiß ich, eine ist wie die andere, denn sie kann nur das bewirken, was das kosmische Drehbuch ihr vorgibt.

Was ich heute tue? Nun, damit Sie verstehen, womit ich mich beschäftige, muss ich ein wenig ausholen. Als ich noch ein Junge war und zur Schule ging, verbrachte ich manche meiner Sommerferien bei meiner Lieblingstante

Herta auf dem Land, in Devese, einem kleinen Dorf nahe Hannover. Ihr Mann, mein Onkel Willi, der ein Fernfahrer war, besaß einen Taubenschlag, weil sein Hobby, wenn er von seinen Reisen mit dem Sattelschlepper zurückkehrte, das Züchten von Brieftauben war. Die Erinnerung an das vielstimmige Gurren der possierlichen Tierchen auf dem Dachboden ihres gemütlichen, alten Fachwerkhauses sowie deren unerklärliches Heimfindevermögen hat mich seit jener Zeit stets fasziniert. Und auf unerklärliche Weise fühle ich mich den Tauben verwandt. Ihr Gurren klingt so vertraut, als wäre ich selbst einmal eine Taube gewesen. Aber das ist sicher nur ein Gefühl. Nicht umsonst ist die Taube ein Symbol für den Frieden. Ich habe für äußeren Frieden gekämpft und bin gescheitert, habe nun aber inneren Frieden gefunden. Jetzt erst, nach so langer Zeit. Und mir erscheint es so, als würde ich jetzt erst wirklich leben.

Als ich in der Geschichte, die Herr Gott schrieb, vor der Abgabe des Manuskripts an den Verlag noch einmal las: Diese Typen (womit er die Pfaffen meinte) waren erkenntnisloser als Brieftauben, die mit ihrer Botschaft um den Fuß die Orientierung verlieren, musste ich unwillkürlich darüber lachen, dass Gott offenbar nichts über Brief-

tauben weiß, denn sie verlieren die Orientierung niemals.
Wer ihnen das wohl beigebracht hat? Gott sicher nicht.

Epilog

Am Ende würde ich nur ungern darauf verzichten, selbst zu Wort zu kommen, anstatt mich von meinen Figuren sozusagen nur vertreten zu lassen. Denn wenn sie auch allesamt in mir leben, habe ich mit ihnen nur insofern zu tun, als ich sie erfand. Mich selbst, den Erfinder, vermochte ich jedoch niemals zu finden. Haben Sie es schon einmal versucht? Ich meine, sich selbst zu finden? Ihre wahre Identität! Das, was man im allgemeinen Ich nennt! Diese zentrale Instanz, die alle Aspekte Ihrer Persönlichkeit koordiniert und kontrolliert. Wenn Sie das wirklich tun, werden Sie überrascht sein, denn Sie werden sich ebenso wenig finden können wie ich. Das garantiere ich Ihnen. Was Sie finden werden ist ein Sammelsurium von Stimmen und Empfindungen, die sich manchmal sogar diametral widersprechen.

Aber wer ist dann derjenige, der herauszufinden versucht, wer er in Wahrheit ist? Ist er womöglich der zentrale Koordinator, das Ich? Wiederum werden Sie feststellen, dass die Suche nach der wahren Identität lediglich einer von vielen Aspekten ist, der irgendwann von einem anderen abgelöst wird. Beispielsweise von dem profanen Bedürfnis einen Cappuccino zu trinken. Dieses Bedürfnis führt dazu, dass Sie ihn zubereiten und genüsslich schlürfen. Vergessen ist die Suche nach Ihrer wahren Identität. Wobei sie schon während Sie den Kaffee trinken wieder aktiv werden kann.

Bleibt uns denn etwas anderes übrig als unsere sogenannte Lebensgeschichte, in der wir letztlich nur eine von unzählig vielen Figuren darstellen, schlicht so zu erleben, wie ein Traum geträumt wird? Natürlich können wir uns jederzeit vornehmen, die Geschichte zu ändern. Vielleicht sogar radikal zu verändern. Vom Aschenputtel zur Braut eines Prinzen zu werden. Oder vom armen Hans, der seinem Herrn dient, zum Hans im Glück, der die Hände in den Schoß legen kann. Ob es uns jedoch gelingt, hängt ganz davon ab, ob der Kontext, in dem ihre Figur in der Geschichte, erscheint, es zulässt. Es könnte sein, dass es Ihnen gelingt, es könnte ebenso sein, dass Sie scheitern.

Mich könnte man im besten Fall zum virtuellen Autor der Geschichte erklären, die hier zu Ende gehen soll. Denn letzthin bin ich so wie meine von mir geschaffenen Figuren nicht mehr als eine Figur, die als Autor einer Geschichte auftreten soll, in welcher Gott nach seinem eigenen Anfang sucht, ihn nicht zu finden vermag und schließlich herausfindet, dass ein Anfang nicht existiert. Dass zwar Geschichten aller Art existieren, schöne und hässliche, spannende und langweilige, solche mit und solche ohne Happy End, jedoch niemand, der sie erfand und niemand, der sie erzählt. Und somit ist Gott nicht klüger als zu Beginn der Geschichte. Nur ein ganz klein wenig weiser geworden.

Vielleicht.

Info Seminare und Coaching:

www.wernerablass-coaching.de

info@wernerablass.de

Über den Autor:

Werner Ablass wurde im August 1949 in der Oberpfalz geboren und wuchs im Allgäu auf. Nach einer tiefgreifenden, spirituellen Erfahrung in seinem 18. Lebensjahr, wirkte er bis 1986 als Prediger in bibelgläubigen Kreisen. Danach konzentrierte er sich auf seine Karriere und war sieben Jahre im mittleren Management eines internationalen Unternehmens tätig. 1994 machte er sich als Trainer für Führung, Verkauf und Kommunikation erfolgreich selbständig. 2000 endete eine dreijährige Ausbildung zum NLP-Master. 2003 erschien sein erstes Buch „Leide nicht – liebe", das zum Bestseller wurde. Im Juli 2004 begegnete er dem Advaita-Meister Ramesh Balsekar in Mumbai. Währenddessen ging seine über 40 Jahre währende Suche nach der absoluten Wahrheit zu Ende. Mit überwältigender Klarheit realisierte er, dass es zwar Taten gibt, jedoch keinen Täter. Neben seiner Tätigkeit als selbständiger Trainer wirkt er gegenwärtig als Autor, Coach und Verleger an seinem Wohnort im idyllischen Zabergäu in der Nähe von Heilbronn.

Werner Ablass

im Omega-Verlag

Leide nicht – liebe

Über die Liebe zur Liebe ohne Objekt

192 Seiten, geb.

mit Schutzumschlag

ISBN: 978-3930243303

€ 10,80

Liebe ist die Lösung

230 Seiten, geb.

mit Schutzumschlag

ISBN: 978-3930243327

€ 11,80

Gar nichts tun

und alles erreichen

288 Seiten, geb.

mit Schutzumschlag

ISBN: 978-3930243365

€14,00

Entzaubert

siehst du nur Liebe

192 Seiten, geb.

mit Schutzumschlag

ISBN: 978-3930243457

€ 11,50

Werner Ablass im

NO ONE VERLAG

Spielen statt Kämpfen

148 Seiten, Paperback.

ISBN:

€ 14,90

www.ingramcontent.com/pod-product-compliance
Lightning Source LLC
Chambersburg PA
CBHW050409030726
47503CB00006B/2107